講談社文庫

かなりあ堂迷鳥草子

和久井清水

講談社

目次

主な登場人物

❖お遥《はる》
今年十六になる「かなりあ堂」の看板娘。商売には不向きな兄を何かと手助けしている。

❖徳造《とくぞう》
お遥の兄で、今年三十。飼鳥屋「かなりあ堂」を妹と二人で営む。

❖お種《たね》
八百屋を一人で切り盛りしている。面倒見のいい姉御肌。

❖八田伊織《はったいおり》
鳥見組頭・八田宗右衛門の嫡男。鳥見役として御鷹場の御用をしている。

❖佐都《さと》
大名家の女中。鳥好きのお方様のため鳥の世話に明け暮れている。

❖播磨屋《はりまや》の御隠居
鳥好きの「かなりあ堂」の上客。小間物屋を営む。

かなりあ堂《どう》迷《めい》鳥《ちょう》草子《ぞうし》

第一話　木菟《みみずく》

幽霊坂《ゆうれいざか》に足を踏み入れて、お遥《はる》は身震いをした。

この坂はいつだって薄暗く、湿った冷気が澱《よど》んでいる。

早朝の空気は冷たくて、小鳥もまだ眠っているような刻限だ。幅の狭い上り坂には、頭上を覆うように両側から樹木の枝が張りだしていた。

雑司ヶ谷《ぞうしがや》の幽霊坂は片側が本住寺《ほんじゅうじ》の竹垣で、反対側は武家屋敷の築地塀《ついじべい》だ。いつも人通りが少なく寂しい坂だった。

通い慣れた道だが、今日はひどく気味が悪かった。遠くで聞こえる音のせいだ。それは細く高く切れ切れに響いてくる。

足を止めて耳を澄ます。

次第に大きくなっていく音は、人の声であるようだ。

泣き声だろうか。

「赤ん坊？」

自分の言葉になぜかぞっとした。

なにかが違う。

両腕が粟立《あわだ》った。

その泣き声が赤ん坊でなければ何なのか、お遥にはわからなかった。

「赤ん坊……だよね」

自分を納得させようとしたが、その不気味な声の正体を知ろうとすれば、なにかよくないことが起こりそうな予感がした。

江戸に幽霊坂と呼ばれる坂はたくさんあるが、不思議と幽霊が出たという話は聞かない。いつもこの坂を通って、護国寺《ごこくじ》や鬼子母神《きしぼじん》の森に通っているが、これまでに怖いと思ったことはなかった。まして薄暗いとはいえもうじき日が昇る頃だ。

お遥は二重《ふたえ》まぶたの大きな目を、くるりと動かしてあたりを窺《うかが》った。形のいい小さな唇《くちびる》を引き結ぶ。

「幽霊なんて出るはずない」

自分に言い聞かせるように強く言って、足を踏み出した。

その時、はるか向こうで聞こえていた泣き声が、すぐそこから聞こえた。

「え」

お遥は必死につじつまの合う答えを探した。

赤ん坊は今、本住寺の竹垣の向こうで泣いている。母親か子守りの娘が、どうしてかは知らないが境内《けいだい》にいて、泣き止まない赤ん坊をあやしているのだ。そしてどうやったのか知らないが、本住寺の境内をものすごい速さで、一足飛びにここまでやって来た。

しかし到底納得できる答えではない。

お遥の頭の中には、この世に思いを残した赤ん坊の姿がゆらゆらと浮かんでは消えた。化け物のような巨大な顔が、醜《みにく》く歪んでお遥に迫ってくるようだった。

赤ん坊の声とは微妙にずれた、この世のものと思えない声は、いつ果てるともなく続いた。

不意に声がやんだ。

ひときわ大きく頭上の枝が揺れる。

葉ずれの音がざわめいて、大勢の人が悪だくみをしているような暗く不快な音が頭の上から降ってくる。

次の瞬間、赤ん坊の声は反対側の築地塀の向こうから聞こえてきた。間違いなく同じ声だった。

なにかを訴えるようなせつない泣き声。振り絞るように力の限り泣き、息が続かなくなると引《ひ》き攣《つ》るようにしゃくり上げてまた泣く。

なぜ赤ん坊の声が一瞬にして反対側の塀の中に移動したのか。

お遥はもう、その疑問に理由をつけようとは思わなかった。

そんな余裕はなかった。

声にならない悲鳴をあげ、草履《ぞうり》を飛ばして走り出した。


無我夢中で走り続けた。

遠くに助惣焼《すけそうや》きの看板が見えた。甘い餡《あん》を種皮《たねかわ》で包んで焼いたその菓子は、子供の頃からよく食べていた。ここまで来れば家は近い。その思いに元気づけられて、また足を速めた。

今年、お遥は十六になった。まわりからはまだまだ子供あつかいされて、お転婆《てんば》などと言われるが、まったく気にしていない。十六歳といえば嫁入りする娘もいる。だがお遥にはぴんとこない。自分がだれかと所帯を持つなんて想像もつかなかった。

まだ開いていない店の前を、裾《すそ》が乱れるのも気にせずにどんどんと走った。走っていると気が紛《まぎ》れて幽霊の怖さも薄れていった。

豆腐屋《とうふや》だけはもう店を開けて、家族総出で忙しく働いている。この家の長男は喜助《きすけ》といって、お遥と同い年だ。小さい頃はよく一緒に遊んだものだ。おかみさんとも顔なじみだ。

「ちょいと、お遥ちゃん。どうしたんだよ。裸足《はだし》じゃないか」

桶に豆腐を沈めていたおかみさんが、驚いて顔を上げた。

「なんでもないの。ちょっと急いでるんで」

お遥は足を止めずに返事を返した。

おかみさんはわざわざ通りに出て来て、なおもお遥の背中に大声で怒鳴った。

「なんだよう、その格好は。年頃の娘がそんなはしたないことでどうすンだい。はしたない？」

お遥は笑いながら通りを走った。

豆腐屋のおかみさんから、はしたないなんて言葉を聞くとは思わなかった。

おかみさんは背丈が亭主より頭一つ大きい女丈夫《じょじょうふ》だ。働き者だが、なにごとにつけてもおおざっぱでさっぱりした性格は、男らしいと形容したほうがぴったりするくらいだ。

天神様の森が見えてきた。

もう、すぐそこがお遥と兄の徳造《とくぞう》がやっている飼鳥屋《かいとりや》「かなりあ堂」だ。間口二間《にけん》の小さな店だが、一応二階もあって二人で住むには充分な広さだ。

まだ店は開けておらず揚縁《あげえん》は下りていなかった。

だが徳造はもう起きて朝餉《あさげ》の支度を始めているはずだ。

お遥は戸を開けて倒れ込むように中に入った。雑司ヶ谷からここまで走り続け、さすがに疲れが出た。

徳造は襷《たすき》を掛けて青菜を刻んでいるところだった。

「お遥、どうした」

徳造は包丁を置いて転がるように駆け寄ってきた。ぽっちゃりした大きな体のせいで安普請《やすぶしん》の家が揺れた。

お遥を抱き留め、上がり口に座らせる。

「どうした。なにがあった」

徳造は両手でお遥の頬を包み、顔をのぞき込んだ。店に駆け込んできたお遥の身になにか起こったのかと心配しているらしい。

「大丈夫。どうってことないの」

「だけどそんなに息を切らしてるじゃないか」

徳造が心配そうに顔を曇《くも》らせる。

「私ね、幽霊にあったの」

「幽霊だって？」

徳造はまるで自分が幽霊にあったかのように目を丸くした。

「だけど、こんな朝っぱらから幽霊が出たのかい」

「幽霊じゃなかったかも」

あれは、ただの赤ん坊の泣き声……。

そう思おうとしたが、思い出すと身震いが出た。

徳造は水を張ったたらいを持ってきて、まずお遥の顔と手を拭き、足を洗ってくれている。背を丸め、むちむちとした白い手で、お遥の足をまるで宝物を扱うように丁寧に洗った。

徳造は今年、三十になる。お遥が生まれてすぐに亡くなった両親の代わりに、徳造が育ててくれたのだ。その頃、かなりあ堂には祖父の弥三郎《やさぶろう》がいたが、ずっと胃の腑を患《わずら》っていて、奥の三畳で寝ている姿しかお遥は覚えていない。その弥三郎も十年前に亡くなってしまった。

もともと徳造は手先が器用な上にまめで、小鳥の世話はもちろんのこと、食事の支度から繕《つくろ》い物や着物の洗い張りまでやってしまう。ただ、商売には向いていないらしく、気の弱さもあって儲《もう》けを抜きに客の言いなりになってしまうことがある。お遥はそばで見ていてやきもきするのが常だった。

徳造が戸を開け放して朝の光が店の中一杯に溢《あふ》れると、鳥たちが待ちわびたように鳥籠《とりかご》の中で羽ばたきをする。

かなりあ堂にはいつもたくさんの小鳥がいる。近頃江戸では小鳥を飼うのが大人気で、兄と二人が食べていくには充分とはいえないまでも、さほど不自由がないほどの実入りがあった。だが、お遥には大きな夢があって、その元手を貯めるために日々がんばっていた。

かなりあ堂で売る小鳥は、たいていは問屋から仕入れるのだが、たまにお遥が捕まえに行って、売り上げの悪い月は帳尻を合わせていた。護国寺や鬼子母神の森にはウグイスやエナガなど人気の小鳥がたくさんいるのだ。

今朝は日が出る前に店を出て、ちょうど幽霊坂にさしかかった時に赤ん坊の声が聞こえたのだ。

「赤ん坊の声？　それじゃあお遥は雑司ヶ谷に行ったのかい？」

「そうよ」

「あそこは近頃、赤ん坊の幽霊が出るって噂じゃないか。知らなかったのかい？」

徳造はあきれたように言った。

「知らなかった。知ってたんだったら、兄さん、教えてよ」

お遥はふくれっ面《つら》をして横を向いた。

「お遥が幽霊坂に行くなんて知らなかったんだよ。知ってたら教えたさ。そりゃあ怖かっただろう。そんな怖い目にあったなんて、もう鳥を捕りに行くのはおやめ。いいね」

徳造は大福餅《だいふくもち》のような丸い顔に埋もれた小さな目を潤《うる》ませて、まるで子供をあやすように優しい声音で言った。

「どうしても今月足りないなら、兄さんが捕りに行くから」

お遥は「もう平気。どうってことないわ」と、兄を安心させるために言った。そしてちょっとだけ笑った。

優しい性格の徳造が、小鳥を捕まえることなどできるはずがない。それに小鳥を追いかけるには、少々敏捷《びんしょう》さが足りないと思う。

「平気なもんか。さっきは怖がっていたじゃないか。隠してもだめだよ。兄さんにはすぐわかるんだ。お遥は時々、強がりを言うからいけない」

徳造はそう言ってお遥の肩をぎゅっと抱きしめた。そんなふうに言われると、お遥は自分が無理をして強がっていたのかもしれないと思えてきて、急に怖さがよみがえってきた。

「ほら震えてるじゃないか」

徳造は膳に青菜の味噌汁《みそしる》と煮豆、香《こう》の物《もの》を載せて持ってきた。そして大きな茶碗に白いご飯を山盛りよそった。

「さ、お食べ」

炊きたてのご飯の香りが鼻孔《びこう》をくすぐると、お遥はなんだか泣きたいような気になってくる。悲しいのとは少し違う。強《し》いて言うなら幸福の香りがするからだろうか。

お遥は口一杯にご飯を頬ばった。

「美味《うま》いか?」

「うん。私ね、白いご飯と兄さんが大好き」

詰め込んだご飯のせいで、言葉ははっきり言えないが、徳造はわかったらしく、福々しい顔でにっこりと笑った。辛いことや悲しいことがあった時にも、徳造はこうしてたくさんご飯を食べるようにすすめる。お遥もお腹いっぱいご飯を食べると、体の中から力が湧いてくるのだった。

三膳目を食べ終わるのを待って、徳造はお遥の腕をとった。

「二階に上がって少し休みなさい。怖い思いをしたんだ。疲れているだろう?」

いくら大丈夫だと言ってもきかず、布団まで敷いてくれたので仕方なく横になった。素直に寝たお遥を見届け、徳造は満足げに階下に下りていった。

母というものを知らないお遥にとって、徳造が母親だった。いつもお遥のことを一番に考えてくれる。自分のことは後回しだ。それで三十になった今でも徳造には嫁が来ない。徳造に幸せになって欲しいと思いながら、ずっとこのまま平穏な暮らしが続けばいいと思う。そんなことを思うのは自分勝手だと、徳造に申し訳なくも思うのだった。

お遥は窓からいったん小屋根に出たあと、梯子《はしご》を使って大屋根に登った。秋の空は青く高く、気持ちのいい風が吹いていた。吸い込まれそうな青空に、ぽつんと黒い点が現れた。それが輪を描きながら次第に大きくなる。

澄んだ鋭い鳴き声はトビだった。翼を広げて滑空する姿のよさには惚れ惚《ほぼ》れする。

小さな頃から鳥のように空を飛べたらどんなにいいだろうと思っていた。あの広い空を風を切って自由に飛べたら、さぞ気分がいいだろう。

少しでも空に近づきたくて、お遥はこうして屋根に登るのだ。屋根の上で空を仰いでいると、心の裡《うち》に小さな声が聞こえることがある。

行きたい。

ここではないどこかへ……。

自分の家はここで、ほかに行くところなどないのになぜそう思うのか、お遥は不思議でならなかった。

トビが行ってしまうと雀《すずめ》の親子がやってきた。

いつもここで餌《えさ》をやっているので、今日ももらえるものと思ったらしい。

「ごめんね、今日は持ってきてないの」

親子揃ってこちらを見上げて小首をかしげる姿に、お遥は思わず微笑《ほほえ》んだ。

子雀はもうすっかり親鳥と同じ大きさになり、羽の色も濃くなった。それでもどこかしら仕草に幼さがあって愛らしい。

親雀のほうはお遥によく馴れていて時には手にのったり、肩にのったりする。子雀もそのうちに手から餌を食べるようになるだろう。人の言葉をまねする雀もいるらしいから、子雀には言葉を教えてみようと思っている。

昼過ぎの、客足が途絶えた頃に、隣で八百屋《やおや》をやっているお種《たね》がやってきた。お種の店もちょうど暇な時分なのだろう。お喋《しやべ》りをしに来たのかと思ったら、今日はお客だという。

今年四十二になるお種は若い頃に亭主を亡くし、一人で八百屋を切り盛りしてきた。「言い寄る男は星の数ほどいたけどさ」と前置きして、女一人で、かりにも表店《おもてだな》の八百屋を今日まで潰《つぶ》さずにやってきた苦労を語ることもある。

「お夏《なつ》ちゃんがさあ、だんだん悪くなるじゃないか」

小柄で痩《や》せているお種は、年よりも十は若く見える。浅黒い肌はいつも艶《つや》やかで、いたずらっぽい可愛《かわい》い目をしている。声には張りがあって、というか生来地声が大きいために、普通に喋っていても怒っているように聞こえる。まあ、威勢のいい八百屋なのである。そして姉御肌《あねごはだ》で面倒見がいいのだった。

「糊屋《のりや》の婆さんなんて、日にちがたてばだんだん元気になるものさ、って言ってたけどさ、ちっともよくなりゃしない。富蔵《とみぞう》に会いたい。声が聞きたい。せめて夢に出てきて欲しいって泣いてばっかりなんだ。あれじゃ、お夏ちゃんの体がどうにかなっちまうよ。あたしゃ心配でならないんだよ」

それで元気付けるために小鳥を買ってあげることを思い付いたという。

お夏はこの町内の裏店《うらだな》に鋳掛屋《いかけや》の勘助《かんすけ》と一緒に暮らしている。勘助との初めての子供が高熱を出したと思ったら、その晩にひきつけを起こし、あっけなく死んでしまったのだ。生まれてたった六ヵ月の命だった。

富蔵は目がくりくりとした可愛い子供だった。小鳥好きのお夏は、内職のあいまに富蔵をたびたび連れて、かなりあ堂に小鳥を見せに来ていた。勘助は真面目な職人だった。江戸中を歩いて穴の開いた鍋や釜の修繕をしていたが、小鳥を飼うような贅沢《ぜいたく》ができるほどの稼ぎはなかった。お夏はかなりあ堂で小鳥を見るのがたった一つの楽しみなのだ、と言っていた。

富蔵を抱いて店の鳥籠の前を一つ一つまわり、「これはメジロ、こっちはホトトギス。それからこの黄色いのはカナリア」と、まだ言葉のわからない富蔵に教えていた。富蔵も小さな人差し指で指さして、言葉にならない声を上げていたものだった。

数日前から枕が上がらないと聞いて、お遥も心配していたのだ。

「どうにかして元気になってもらいたいのさ。なにがいいかね。お夏ちゃんはどの鳥が好きだって言ってた?」

「えーっと」

お遥は土間や板の間に置かれた鳥籠を見回した。どの鳥もそれぞれに可愛さがあって、お夏も鳥ならどれも好きだったはずだ。だが中でもカナリアは特別だ。姿の美しさ羽の色の多様さ、そして繊細で可憐な鳴き声。徳造もお遥もカナリアは特に好きなので、店には何羽も置いていた。

お夏もカナリアが好きだったはずだ。

「カナリアはどうかな。綺麗な声で鳴いてくれたら、お夏さんの気持ちも慰《なぐさ》められるんじゃないかしら」

「そうだねえ。なんか黄色くてきれいだし、いいねえ」

お種はカナリアの籠の前で、「どれがいいかねえ」と物色《ぶっしょく》をはじめた。

「あ、このすごく黄色いのがいいね。これにするよ」

お種はこの店で一番のカナリアを指さした。それは極黄《ごくき》と呼ばれる、黄色一色の美しい羽を持ったカナリアで人気の品種だった。さらに鳴き声は極上の部類に入るだろう。お種の目の確かさに舌を巻きながら、お遥は鮮やかな黄色のカナリアを籠に入れて手渡した。

その時、徳造が奥から出てきておずおずと言った。

「あの、お代はいいですから。お夏さんのためにあたしらもなにかしてやりたい、って思ってたんで。ねえ、お遥」

徳造はお遥に助けを求めるような目配せを送ってきた。徳造はなぜかお種が苦手なようだ。普段からあまりお客と話はしないのだが、特にお種の前では舌が回らなくなるようだった。

「それじゃあ悪いよ。あたしが思い付いたんだからさ」

「いやいや、お、お種さんの、その優しい気持ちだけで、もう、ほら、ねえお遥」

「うん、兄さんがそう言ってるんだから、いいですよ。お代は」

それでも半分払う、とお種は言うのだが、珍しく徳造は「いらない」と頑張った。

結局お種は礼を言いながらカナリアの籠を持って行った。

「兄さん、私、見直しちゃった。お種さんに一歩も引かないんだもの。それにお夏さんのこと、あんなに心配してたなんて」

徳造は照れて首の後ろを掻《か》いた。

「お夏さんはほんとに可哀想だから」

可愛い盛りの赤ん坊を亡くして、お夏はどんなに辛いだろう。子供を持ったことのないお遥がいくら考えても想像のつかない辛さだろう。

お遥は膝《ひざ》の前に置いた薬研《やげん》で牡蠣末《ぼれいまつ》を作っていた。小鳥の骨を丈夫にするためにはこの牡蠣末が欠かせない。漢方薬などを粉末にする薬研で、丁寧に牡蠣《かき》の殻を粉にするのだ。

機械的に薬研車《やげんぐるま》を動かしながら、お遥はお夏の胸の裡を考えていた。亭主の勘助は一日中仕事で家を空けている。お夏に頼れる親戚がいるとは聞いたことがない。一人で、あの薄暗い長屋にいれば、子供を亡くした悲しみから立ち直るのは容易ではないかもしれない。

店の奥では徳造がメジロのために新しい止まり木を作っていた。丸い背をさらに丸くこごめて、一心不乱に枝を削っている。

手先の器用な徳造は、鳥籠だって作れそうだ。いつかそんな話をしたことがある。徳造が鳥籠を作ってくれれば、鳥籠の仕入れ分がそっくり浮くことになる、と。しかし徳造は、それでは鳥籠作りの職人さんの仕事を奪うことになるから、たとえ作れてもやらないよ、と言った。小さな目をさらに小さく細めて言う言葉の一つ一つに優しさが溢れていて、お遥は感心したものだった。

「ちょいと、お遥ちゃん」

さっきお夏のところへ行ったばかりのお種が、慌てふためいて店に飛び込んできた。手にはまだカナリアの籠を持っている。

「お夏ちゃんがいないんだよ」

「ええっ」

「もう、どこ行っちゃったんだろうね。起き上がれないくらい具合が悪かったのにさ」

と、お種は地団駄《じだんだ》を踏みながら叫んだ。そして鳥籠を、お遥に押しつけるように渡した。

「これから心当たりを探してくるよ。なんか嫌な予感がするんだ」

「私も行きます」

お遥が腰を浮かしてそう言った時には、もうお種は通りの向こうに消えかけていた。

「大丈夫かな。嫌な予感ってなに？」

「大丈夫。きっとお種さんが見つけてくれるよ」

店にお客があった。いつからそこにいるのか、疲れた顔で放心したように店の中を見回していた。身なりからして、どこかの大名家のお女中のようだが、供も連れずに空《から》の鳥籠をぶら下げていた。

「いらっしゃいまし。小鳥をお求めですか？」

お遥は強いて明るい声で言った。

お女中は、はっとしてお遥の言葉にぎこちなく頷《うなず》いた。

「どのような小鳥がよろしいでしょうか」

問いには答えず、土間や店の奥に積まれている鳥籠を首を回して見ている。だがお女中の目は上滑《うわすべ》りしていた。

長い間そうやって店先に突っ立っていたが、お遥の膝元に置いてある鳥籠に目を留めて、「それがよい」と言った。

「あっ、これは」

「なんじゃ、売れぬと申すか。売り物ではないのか」

「売り物は売り物ですが……」

「ならばそれにする。代金はいくらじゃ」

「あのう、こちらにもカナリアはございます」

徳造が腰を低くして奥に案内する。

お女中は一通りながめたあと、「やはり、あれがよい。羽の色が一番きれいじゃ」と極黄のカナリアを指さした。

いつものお遥だったら、たとえ相手がだれでもこちらの考えをはっきりと言うのだが、今日は少し間が悪かった。お夏が行方《ゆくえ》知れずなのと相まって、カナリアはお種が買うはずだったが結局あげることになり、売り物には違いないが……。

お遥が混乱してうろたえているうちに、お女中はさっさと自分の籠にカナリアを移し替え、多額の代金を置いて帰ってしまった。

「まあ、あのお女中も目が高い、といえば高いということだね。ははは」

徳造は力なく笑って肩を落とした。

お種が息を切らしてかなりあ堂に現れたのは、それから小半刻《こはんとき》もたった頃だった。足を引きずるようにしてやって来て、苦しげな顔で店の上がり口にどっかりと座ったので、何も聞かなくてもお夏は見つからなかったのがわかる。

「思い付くところは全部行ったんだよ」

お種は指を折って行ったところを教えた。知り合いのところから、髪結《かみゆ》いや湯屋《ゆや》まで行ってみたという。

「どこに行ったんだろう。あんな体で」

「勘助さんは、もうじき帰って来るんですよね」

お遥が訊《き》くと、お種は頷いた。

「早い時はね。だけど遠くまで行った日は帰りが暗くなることもあるんだよ。でも勘助さんに心当たりがあるかもしれないしね」

勘助が仕事から帰るのを待とうということになった。お種は帰っていったが、幸か不幸かお夏にあげるはずだったカナリアがいないことには気づきもしなかった。

あと一刻ほどで店じまいとなる頃だった。徳造はすり餌《え》用の大豆を焙烙《ほうろく》で煎《い》っていた。このあとほかの穀類と一緒に丁寧に粉にしてすり餌にするのだ。

「お夏さんはどこへ行っちゃったんだろうねえ」

焙烙をゆっくりと動かしながら、徳造がまた言った。お遥も、もう何度も心の中で繰り返した言葉だ。

「あんなに赤ん坊に会いたい会いたいって言ったたって、死んでしまったんだからどうしてやることもできないよねえ」

しんみりした声と焙烙の中の大豆が転がるかすかな音とが重なって、ひどく悲しくなってきた。できるものなら会わせてあげたいが、それは無理というものだ。

「あっ」

お遥が突然、素《す》っ頓狂《とんきょう》な声を上げた。

「どうしたんだい、お遥」

「ねえ、兄さん。幽霊坂の幽霊の噂って、町内じゃみんな知ってるの？」

「さあ、どうかね。あたしは豆腐屋のおかみさんから聞いたんだけど」

おかみさんは、いつもお夏のことを気にかけていた。お夏も幽霊の噂を聞いたにちがいない。赤ん坊の幽霊と聞いて、お夏は幽霊坂に行ったのだ。

声が聞きたいと言っていた。せめて夢で会いたいと言っていた。幽霊坂の幽霊が富蔵ではないかと思って、あんな体で幽霊坂まで出掛けて行ったのではないだろうか。

「あたし、お夏さんがどこにいるかわかったわ」

「えっ、どこなんだい？」

「ちょっと行ってくる」

徳造の問いには答えずに、お遥は店を飛び出した。幽霊坂に行くと言えば徳造は心配するだろう。

お遥も怖くないわけではなかった。幽霊坂でまたあの声を聞いたら、と思うとぞっとする。だがお遥の足は止まらなかった。お夏が一人で幽霊坂にたたずむ姿を思うだけで、お遥の胸は締めつけられるのだった。

お夏はやはり幽霊坂にいた。薄暗い坂道の途中に座り込んで、竹垣に背を預け宙を見つめていた。

「お夏さん」

お遥は駆け寄ってお夏の手を取った。ひどく痩せて枯れ枝のようだ。

「いたんだよ」

「え？」

「お富坊がさ、いたんだよ」

お夏は引き攣ったように笑った。そして声を上げて泣いた。

「あの声はお富坊だ。間違いないよ」

お遥の両腕を摑《つか》んで揺する力は、お夏の細腕からは考えられないほど強い。お夏の細い指が腕に食い込んで痛いほどだった。

お夏もあの赤ん坊の泣き声を聞いたのだ。

決して可愛い声ではない。声だけを聞くからかと思ってみるが、そうではない。あの声はどこかおかしい。

やはりこの世のものではないからなのか。

お夏はお遥にすがりついて泣いた。

「ここにいるのに、なんであたしのところには会いに来てくれないんだよう。あたしが駄目なおっかさんだからなの？　ねえ、そうなのかい？」

「違うよ、お夏さん。そんなふうに考えちゃだめだよ」

お遥の言葉が耳に入らないようで、お夏はただただ泣いていた。

しばらくそうやって泣いたあと、ふいに顔を上げて空を見上げた。木の間の向こうには、ほんのわずかに明るい空が見える。だけどこの幽霊坂までは、その明るさは届かなかった。

お夏は泣き疲れたように放心していた。やがて懐《ふところ》からなにかを取り出した。

「この坂を登った先に鬼子母神様があるでしょう」

お夏はまるで独《ひと》り言《ごと》のようにつぶやいた。

「子供が授かりますようにって願掛けをしたら富蔵を授かって、それで富蔵と一緒にお礼参りに行ったんだよ。富蔵はこの人形が気に入ったみたいで、欲しそうに手を伸ばすんで買ってやったんだ」

よく見れば、お夏が懐に入れていたものは、鬼子母神様の境内で授かるすすきみみずくだった。

それはすすきの穂で作られたミミズクの人形だ。いつも懐に入れて持ち歩いているらしい。形はくずれ、言われてはじめてそれが、すすきみみずくとわかるほどだった。

お夏はその人形を握りしめ、じっと見つめている。

「あたしはお富坊をちゃんと育ててあげられなかった。あたしが死なせちまったんだ。お富坊は気がついたんだよ。あの世に行く途中にさ。もっとちゃんとしたおっかさんのとこに生まれていたら、自分は死ななくてすんだのに、って。それで成仏《じょうぶつ》できないんだ」

「お夏さん」

「恨《うら》んでるんだろう？　恨んでるから幽霊になったんだろう？」

手の中のすきみみずくに、そうやって問いかけるお夏のようすは普通ではなかった。

お遥はかける言葉が見つからず、ただお夏の背中を撫《な》でてやることしかできなかった。

その時、ひらひらと空から白いものが降りてきた。

お遥はそれを手のひらで受け止めた。

「えーっ、あんなとこまで行ってたの？　枕も上がんないような病人がどうやって行ったのさ。それでどうやって帰って来たんだよ。ていうか、なんだって幽霊坂なんかに行ったんだよ」

お種は店の上がり口に腰掛けて、目を剝いてまくし立てた。知らない人が見たらお遥を叱《しか》りつけているように見えたかもしれない。だがお種は心底、お夏の身を案じているのだ。

「それが、幽霊坂の噂を聞いて幽霊に会いに行ったんだってさ。富蔵ちゃんの幽霊に会いたい一心で歩いて行ったみたい。で、ほんとに幽霊に会ってみたら、心持ちがおかしくなっちゃって、お夏さん、自分でもよくわからなくなっちゃったみたいなの。帰りも妙に元気にしゃんしゃん歩くのよ」

お遥がそう言うと、お種は納得したように頷いて、竹皮の上の団子を、お遥に食べるようにと差し出した。お種はいつもお八つをわざわざかなりあ堂に持ってきて食べるのだ。

「無理にでも体を動かしたのがよかったのかもしれないねえ。もともとは気の病《やまい》だからね。幽霊かなんか知らないけど、まあ、よかったよね」

お種は、よかったと言うけれども、昨日のお夏のようすを見たら、とてもよかったとは言えないだろう。

痩せた体のどこからあんな力が出てくるのか、と思うほど休まずに歩き通して帰ってきたお夏は、長屋に着くなりものも言わず座り込んでしまった。疲れ切っているはずなのに、両手ですすきみみずくを握りしめたまま、まるでお地蔵様かなにかのように動かなくなってしまったのだ。

見れば声を出さずに、お夏は涙を流し続けていた。

勘助が帰ってくるまで、泣き続けるお夏のそばにいたが、しまいにはお遥が泣きたくなった。

お夏の悲しみはもっともだが、その悲しみからどうやったら抜け出せるのか、お遥には皆目《かいもく》見当がつかなかった。

お遥が物思いに沈んでいるそばで、お種もなにかを思い出そうと、ぼんやり店の中を見ていた。

徳造は鳥籠の掃除《そうじ》をするためにオオルリを別の籠に移し、餌皿《えざら》を出して洗うところだった。

お種は忙しく立ち働いている徳造を目で追っていた。

「そうだ」とお種が膝をたたいて叫んだ。

「うわっ」

徳造はあやうく餌皿を落としそうになって、「なんなんですか、お種さん」と情けない声を出した。

「あれどうしたのさ。あのカナリア」

「ああ」

とお遥と徳造が、揃って気の抜けた返事をした。

「ああ、ってなんだよ。いないじゃないか。お夏ちゃんにあげるはずだったカナリアがさ」

「それがね……」

お遥が事情を話そうとしたその時、昨日のお女中が再びやって来た。今日も鳥籠を持っている。中にはあの極黄のカナリアが入っていた。

お遥が半分腰を上げて、「あ」と声を上げると、お種も「あああ」と指さして叫んだ。

二人が驚いて大声を上げたのに、お女中はいたって冷静だった。

「この鳥を返しに参った」

徳造は喜びを満面にたたえ、いそいそと空《から》の鳥籠を持ってきた。

お種といえば、なんのことか訳がわからず口を半開きにして、カナリアとお女中とを見くらべていた。

「この鳥は少しも鳴かぬ。お方様《かたさま》はたいへんにご不満であったぞ。こんな黄色いだけの鳥など見たくもないと仰せじゃ」

お女中はだれに言うでもなく、ひどく疲れたふうで吐き捨てるように言った。

お遥はカナリアを受け取った徳造を押しのけ、お女中の前に進み出た。

「どういうことですか？」

無理やり連れて帰りこの言いぐさはないだろう。それに店の鳥をけなされたのもカチンときた。

「失礼ながら、そんなことをおっしゃるのはどちらのお方様ですか？」

けんか腰の物言いに、徳造とお種が慌《あわ》てふためいている。

「そなたには関係ない」

「うちの大事な小鳥をそんなに悪く言われては、黙っていられません。カナリアはとても繊細なんです。場所が変わると慣れるまで何日か鳴かないことはよくあるんです。それをまるでうちの鳥が悪いみたいに言うなんて」

お女中は我に返ったように顔を上げて、お遥の顔をまじまじと見た。二、三度瞬《また》きをして恥《は》じ入るように目を伏せた。

「いえ、ただ私は……。あのう、なにか事情がおありなんですか？　空の鳥籠を持ち歩いていらっしゃるなんて」
お女中は、昨日も今日もひどく疲れた顔をしている。疲れ切って、なにか捨て鉢に
なっているような感じがする。
「ああ、この籠か。お方様の可愛がっていた鳥を、わたくしが逃がしてしまったので
す。それで捕まえてくるようにと」
「まあ。ひどい」
どんな鳥か知らないが、お女中がそう簡単に鳥を捕まえられるはずがない。
「お方様はご気分がすぐれなくておいでで、あの鳥だけが慰めだったのです。だから
あのようにお怒りになるのも仕方ないことなのです。でも、鳥は見つからず、そのカ
ナリアで我慢していただこうと思ったのですが、ちっとも鳴かないし、カナリアは気
に入らぬとおっしゃって……」
心にあったことを打ち明けてすっきりしたのか、いくぶん表情が柔らかくなった。
「御屋敷勤めも大変だねえ。ご苦労なこった」
お種は同情をこめてそう言った。

「ほら、お団子食べて。甘いもん食べると元気がでるよ」

お女中は素直に団子を一つ取って口に入れ、にこりと笑った。団子を頰ばりながら、自分は佐都《さと》といい、小禄《しょうろく》の御家人の娘で行儀《ぎょうぎ》見習いのために御屋敷に上がったが、まさか鳥の世話をさせられるとは思ってもみなかった、と言ってうなだれた。

「朋輩《ほうばい》はお方様の身の回りのお世話をしているのに、わたくしは毎日鳥の世話なのです」

「まあ、そう言いなさんな。鳥だって可愛いよ。よく見れば」

「よく見なくても可愛いですよ」

お種が妙な慰め方をするので、お遥は思わず言った。

「ところで御屋敷はどちらですか？」

「護国寺の向こうの平岡《ひらおか》様の御屋敷です」

お遥はすべての謎が解けたと思った。

「ひょっとして、お方様はお子様を産んだばかりですか？」

「あら、どうしてわかるのです。お子様がお生まれになってから、お心持ちが塞《ふさ》ぐ日が多くて御前様《ごぜんさま》もたいへんご心配なさっておいでなんです」

「ははあ、それでお佐都さんに『鳥捕まえてこい』なんて命令したんだね」

「お種さん」

徳造はお種の遠慮の無い言い方に割って入った。さっきからずっとはらはらしながら聞いているのをお遥も知っていた。ついに我慢できなくなったらしい。

しかしお遥はお腹を抱えて笑った。お種のあっけらかんとした喋り方が笑いを誘うのだ。お佐都もこらえきれずに笑っていた。


「お遥、本当に行くのかい？」

幽霊坂に行くと言うと、徳造は驚いて仕事の手を止めた。

「この間は、あんなに怖い目にあったんだからおやめ。兄さんが代わりに行くよ」

「大丈夫。もう怖くないから」

「今月はよく売れたと思うけどねえ。掛かりがかさんだのかい？　ごめんよ兄さんがお佐都さんからいただいたお代を返してしまったからだよね。いらないって言うんだからもらっておけばよかったのに」

「そうじゃないのよ。今日捕りに行くのは売り物の鳥じゃないの。それにお佐都さんはカナリアを返したんだから、代金もお返しするのは当たり前だわ」

お遥はきりりと襷《たすき》を掛けて空の鳥籠を持った。

「兄さん、楽しみに待ってて。幽霊捕まえてくるから」

「ええっ」

徳造の小さな目が倍ほどの大きさになった。

お遥は店を飛び出した。うしろで徳造がなにか言っていたが振り向かなかった。

幽霊坂は相変わらず陰気な坂で、始終ざわざわと不気味な葉ずれの音がする。何度か道を往復するが「幽霊」が現れる気配はなかった。

坂の中ほどで、お遥は竹垣に背を預けて座った。そこはお夏が座り込んでいた場所だ。自分の赤ん坊の幽霊に会おうとここまでやって来たお夏の心中を思うと、お遥の胸は痛んだ。その上、あの気味の悪い泣き声を聞いて、お夏の心は余計に暗く乱れてしまったのではないだろうか。

その時、頭上でバサバサという音が聞こえた。つづいて例の赤ん坊の泣き声が幽霊坂に響き渡った。

覚悟はしていたがやはり気味が悪い。背中にぞぞっと怖気《おぞけ》が走った。

お遥は懐に入れてきた、ほのかに温かい紙包みを取り出した。ふかしたサツマイモだ。甘い香りのするそれを、お遥は空に向かって高々と掲げて叫んだ。

「おいで」

本住寺の竹藪《たけやぶ》がひときわ大きく揺れて、白い影が風を切って近づいてくる。バサバサという羽音が耳元でしたかと思うと、白い大きなオウムがお遥のサツマイモを持っている手に止まった。

御屋敷を逃げ出してからろくなものを食べていなかったようで、オウムは一心不乱にかぶりついている。

お遥はサツマイモごとオウムを籠の中に入れてやった。爪は伸び、羽が汚れている。お佐都が勤めている屋敷は近いのだが、一度かなりあ堂に戻ってきれいにしてやることにする。

かなりあ堂にはちょうどお種が来ていた。

「ちょいと、幽霊退治に行ったって本当かい？　徳さんが心配してたよ。あれ、どうしたんだい、この鳥」

「これが幽霊よ」

お遥は自慢げに籠を掲げて見せた。

「ええっ、これが？」

徳造とお種が声を揃えて聞き返した。

「これ、オウムじゃないのさ。これが幽霊の正体だっていうの？　それにしても汚い鳥だねえ」

　徳造と二人がかりでオウムの羽を拭き、爪を切ってやる。オウムは旺盛な食欲で、出されるものはなんでも食べた。特に豆は好物のようで、一粒一粒を大事そうに食べては目を細める姿がなんとも可愛らしかった。

　お腹がふくれるとオウムは、二度三度羽ばたきをして、「ウメキチー、ウメキチー」と叫んだ。どうやらこのオウムは梅吉《うめきち》という名前らしい。

「梅吉っていうのかい。お方様はなんておっしゃるの？」

「ウメキチー、モモをお食べ。可愛いのう、ウメキチは」

梅吉は優しい女の声で答えた。お遥はお方様の名前を訊いたつもりだったが、梅吉はお方様と聞いて声真似《こえまね》をはじめたのだった。

「オサトー、ウメキチを連れてまいれ。ハヨウ」

　三人は思わず吹き出した。お佐都があたふたしながらオウムの世話をする姿が見えるようだった。梅吉は胸を張って、次から次へとお喋りを始めた。体の大きな梅吉は声も大きく、店の中はとたんに賑やかになった。

　一瞬の間があって、梅吉は大きく息を吸った。そして得意げにあの赤ん坊の泣き真似を始めたのだった。

赤ん坊の泣き声に違いないのに、どこがと言われれば説明に困るが、やはりなにかが違う。

「うわあ、やめてくれ梅吉」

徳造が悲鳴のような声を上げて耳を塞いだ。

人間の言葉を真似するオウムやインコはいくらもいる。上手に真似をしていても、どこかに鳥らしさがあるものだ。そこが鳥好きにはたまらなく可愛らしいのだが、赤ん坊の泣き真似となると話は別だ。哀調を帯びた声は寂《さび》しげで、人間の赤ん坊の泣き声とは似て非なるものだった。

「なんだよ、これ。あたしゃ気味が悪いよ」

お種は顔をしかめた。

お遥も幽霊坂でこの声を聞いた時は気味が悪かった。だけど目の前で梅吉が一生懸命に泣き真似をしているのを見ると、不気味さにわずかに滑稽《こっけい》さが加わって、いとおしくなってくる。

「梅吉はお佐都さんがお仕えしているお方様のオウムなのよ。赤ん坊がお生まれになったって言ってたでしょう？　梅吉はいつもそばにいて赤ん坊の泣き声をすっかり覚えてしまったんだわ。梅吉は御屋敷から逃げ出して、あの幽霊坂で鳴いていたのよ」

「梅吉が幽霊の正体だってことはわかったよ。だけどなんだって赤ん坊の泣き真似なんかするんだよう」

「オウムは人がとても好きなの。だから人の声を真似するんだって。人と心を通わせたいのよね、きっと。赤ん坊が泣くと人が来てあやすでしょう？　それで自分のところにも来て欲しくて、泣き声を真似するんじゃないかしら」

「へええ、そんなもんかねえ。あたしにゃ、鳥の気持ちはわからないからね」

お遥はオウムを日光浴用の止まり木に止まらせた。梅吉は日当たりのいい場所に移されて、気持ちよさそうに羽を伸ばした。

徳造が足輪の具合を見てやり、指先で頭を撫でてやりながら、「梅吉」と名前を呼ぶと梅吉も、「ウメキチ」と嬉しそうに答える。

「あんたたちはやっぱり兄妹《きょうだい》だねえ、二人とも鳥の気持ちがわかるなんてさ。不思議なもんだね、血のつながりはなくても……」

お種は、はっとして手で口を押さえた。

血のつながりはなくても？

「あ、いやだ。あたしったらいつまでも油売ってて。糊屋の婆さんにまた怒られちまう」

お種は顔を強《こわ》ばらせ、慌てて帰って行った。

お遥は振り向いて徳造を見た。徳造はお遥と目が合うとうろたえて、「あ、あたしは芋《いも》を煮なくちゃならないんだった。ああ、忙しい」と引き攣った顔で、わざとらしい言い訳をしながら台所に行ってしまった。

お遥は一人、店に取り残されて立っていた。「オハルー。オハルチャン」と梅吉が早くもお遥の名前を覚えて呼んでいる。

お遥は呆然《ぼうぜん》としていた。

胸の中がざわざわする。

台所に行った徳造のあとを追いかけ、「あの、兄さん」と声をかけた。

お遥の声に徳造は、大げさなくらいに驚いて持っていた鍋を取り落とした。

「なんだよ、お遥。びっくりするじゃないか」

徳造は鍋を拾いながら、「ああ、驚いた。忙しいんだから、あっちに行っておくれ」とお遥の顔を見ずに言う。

こんな徳造は初めてだった。いつだってお遥にはこれ以上ないくらい優しかったのに。

胸を衝《つ》かれてお遥は、隣の八百屋に逃げ込んだ。

「ああ、お遥ちゃん」

お種は気まずそうに顔を伏せた。

「お種さん、さっき言ってたこと……」

「ごめんよ、あたしゃ余計なこと言っちまって」

「あれ、本当なの？」

お種は店の奥に来るように手招きした。座敷の上がり口に並んで腰掛ける。

「ほんとにごめんよ。言わないでくれって、徳さんに頼まれてたんだよ。だけどさあ、頼まれたのって十五年も前なんだからね」

「私が生まれた時……」

「そうなんだよ。ずっと前だろう？　もう、頼まれたのも忘れちまっててさ、あたしはあんたたちが本当の兄妹だと、今じゃすっかりそう思ってたんだよ。それがどういうわけか、ぽろっと出ちゃったんだよ。ごめんよ。徳さんにも謝《あやま》らなきゃね」

しょんぼりと肩を落とすお種には、お遥がなぜ徳造と血のつながった兄妹でないのかを話す気持ちのゆとりがないらしい。

しばらく気まずい沈黙が流れた。

お遥は思い切って訊ねた。

「血がつながっていないって、どういうこと？　私、どこかからもらわれてきたの？」

「あんたは捨て子だったんだよ」

「捨て子？　かなりあ堂に捨てられたってこと？」

「まあ、そういうことだ」

お種はこれ以上話したくない、というように横を向いた。徳造にしてもお種にしても、なぜこの話を避けようとするのか、お遥には合点《がてん》がいかなかった。

「兄さんに訊こうとしたら、なんだか怒っているみたいで怖かった」

徳造のさっきのようすを思い出して、お遥は涙ぐんだ。

「なんだよ、お遥ちゃんらしくもない」

お種は慌てたように言った。

「捨て子だからって悲観するこたあないんだよ」

「そうじゃないの。お種さんも兄さんも、この話をしたくないみたいで……」

「ああ、それはね、お遥ちゃんが捨て子だったってことを、今の今まで忘れてたからだよ。本当の兄妹だってことが、もう当たり前になってたからなのさ。徳さんもおんなしだよ。だから今さらながら、びっくりしちまったんだ」

お種はお遥の手を、ぎゅっと握ってそう言った。

かなりあ堂に戻ると、徳造は土間で放心していた。お遥が入って来たのにも気づかず、メジロにやるつもりなのか青菜を握りしめたまま突っ立っている。

「兄さん、鳥籠の扉が開きっぱなしだよ」

我に返った徳造は、扉を閉めようとして右手に持った青菜に気づき、「あ」と声を上げた。青菜はすっかり萎《しお》れてしまっていた。

お遥は桶に入っている新しい青菜を徳造に渡した。

「あ、ありがとう」

徳造は笑顔を作ったが、ひどくぎこちないものだった。

「兄さん、お腹空《す》かない？」

「え？　ああ……そうだな」

「今晩はご飯炊いてよ」

と、お遥は徳造の腕に自分の腕を絡《から》ませて言った。

ご飯を炊くのは朝だけと決まっている。一日分を炊いてお櫃《ひつ》にいれておき、昼と夜は冷や飯を食べるのだ。

「じゃあ、今日は豪勢に夜も炊きたてのご飯を食べようか」

徳造は頰を緩《ゆる》めてお遥の顔をのぞき込んだ。

「うん、お腹いっぱい食べようよ」

店を閉める頃、ご飯が炊きあがった。台所に立ちこめる香ばしい湯気を胸一杯に吸い込んで、お遥と徳造は顔を見合わせ笑った。

これまでだって、いろいろなことがあった。そのたびに二人で力を合わせて乗り越えてきたのだ。

お膳の上でご飯は白い湯気を立てていた。ほかにあるのは香の物と味噌汁だけだが、とても贅沢な夕飯だった。

お遥はご飯を一口頰ばった。甘く豊かな味がする。

「あのね、捨て子の私を育ててくれて、ありがとね。兄さんは、私にとって本当の兄さんだよ」

徳造の目にうっすらと涙が浮かんでいた。

往来はかなりの人出だった。お遥は梅吉を鳥籠に入れて、お夏の長屋に向かっていた。

道行く人が梅吉を見て、「おお」と声を上げる。大きな白オウムは町中で見ることはまずない。お遥と徳造がきれいにしてやったおかげで、梅吉は輝くような白い羽を取り戻していた。

この白い羽が幽霊坂の暗い空からふわりと落ちて来た時、ひょっとすると白オウムが赤ん坊の泣き真似をしているのではないかと思った。そしてお佐都がカナリアを返しに来た時に、それが間違いでないと確信したのだった。

これでお夏の心が慰められるとは思わないが、元気になるきっかけにでもなれば、という望みをかけていた。

お夏は長屋で横になっていた。眠っているのかと思ったら目を開けて天井を見つめている。手には相変わらずボロボロのすすきみみずくが握られていた。

「お夏さん。具合はどうですか」

お夏は起き上がって、大きく息をつき悲しげに微笑んだ。お遥が持っているオウムに目を留めて「大きな鳥だね」と言った。

「幽霊坂で捕まえたんだよ」

「へええ。きれいな鳥だ」

お夏が感心して鳥籠をのぞき込んだ時だった。梅吉が突然、赤ん坊の泣き真似を始めた。

「あっ」とお夏は叫んだ。なにもかもわかったようだ。

「富蔵じゃなかったんだ」

「うん。幽霊坂の幽霊はこの鳥だったんだよ」

お夏の目の色がほんの少し明るくなった気がした。うっすらと涙も浮かんでいる。お夏を慰める言葉は見つからないが、梅吉のおかげでお夏の心は快方へと向かう糸口を見つけたかもしれない。幽霊でもいいから会いたいという親心は、あの世にいる富蔵にも届いたのではないだろうか。

お遥は自分を産んだ本当の親のことを思った。もし元気でいるなら、自分に会いたいと思ってくれているだろうか。

その昔、病気の母親の薬を買うために、親孝行な娘が鬼子母神様のお告げですすきみみずくを作って売ったのだという。お遥もその娘のように親孝行をしてみたかった。そしてお夏のような母親に慈《いつく》しまれてみたかった。

「お遥ちゃん、ありがとう」

お夏は手の中のすすきみみずくを見つめている。涙が一筋こぼれ落ちた。

「富蔵はいまどこにいるのかねえ。極楽にいるんだろうか」

「うん、空の彼方《かなた》できっと幸せに笑ってるよ」

「そうだね。子供は天からの授かりものだもんね。富蔵は天にお返ししただけなんだ。あたしは、あの子の笑い顔を決して忘れない」

お夏はみみずくに向かってもう一度、「忘れないよ」と語りかけた。

お夏が懐妊したと聞いたのは、秋風が吹いて少ししてからのことだった。その日、お遥は朝から落ち着かなかった。

「どうしたんだい、お遥。今日はなんだかそわそわしているね」

徳造はいつものように鳥の世話と家事とで忙しく働いていた。今日に限ってメジロとキビタキがお腹を壊していた。二羽に牡蠣末を食べさせ藁《わら》を敷いて暖《だん》を取らせてやる。その上お客がひっきりなしにやって来て小鳥を買っていったり、病気の相談をしに来たりしていた。

「今日は鬼子母神様のお祭りでしょう？　ちょっと行ってきたいんだけど、なかなか出られなくて」

「そうだねえ、今日はなぜだか朝から忙しいね。だけどなんでお祭りに行きたいんだい？」

「それは……。あっ、お種さん。ちょうどいいところに来てくれた」

「ええ？　なんだい。あたしのこと待ってたのかい？」

お種は照れ笑いをしながら店の上がり口に腰掛けた。今日は助惣焼きのお八つを持ってきている。

お遥は襷をはずしながら言った。

「お種さん、すみませんけど店の手伝いをお願いします」

「えっ、ちょっとなんだよ。どこか行くのかい？」

「鬼子母神様に行って、すすきみみずくをいただいて来たいんです」

「あ、わかった。お夏ちゃんにあげるんだね。そりゃあいい考えだ。すすきみみずくは安産と子育てのお守りだもんね」

お種はぽんと手を打って破顔《はがん》した。

「それとお佐都さんのところへ行って、梅吉にも会って来ようと思って。だからちょっとの間、兄さんの手伝いをしていてもらえませんか。お願いします」

お遥は早口でそう言うと、店の外に飛び出した。

「ちょいと、あたしゃ鳥のことなんてなんにもわからないんだよ。大根売るのと違うんだからね」

お種の声を背中に聞いて、お遥は笑った。笑いながら隼町《はやぶさちょう》を駆け抜けると、豆腐屋からおかみさんが出てきた。腰に手を当て仁王立ちになっている。

「そんなに走ってどこに行くんだい」

「ちょっとそこまで」

「若い娘がそうそう走り回るんじゃないよ。もっとお淑《しと》やかにできないモンかねえ」

オシトヤカが可笑しくてまた笑った。

空でトンビがピーヒョロロと鳴いた。

第二話　山雀《やまがら》

秋風がすっと吹き抜けた。お遥は身をすくめて襟《えり》をかき合わせた。この間まで夏の暑さにうんざりしていたのに、今はもう恋しいとさえ思う。

かなりあ堂は二階のある表店《おもてだな》で、隣はお種の八百屋、反対側は古着屋、向かいは唐《から》物屋《ものや》だった。二階屋といっても天井の低い長屋作りなのだが、それでも屋根に上れば天神様の森や御城や、その向こうの浅草寺《せんそうじ》のほうまでよく見えた。

お遥は自分が捨て子だと知ってから、屋根に上ることが多くなった。広い空を見上げては、ここではないどこかへ行きたいと思った理由が、今ならわかる気がする。

吸い込まれそうな晴れた空に、ごま粒ほどの点が見えたかと思うと、雀が一羽、屋根に降り立った。親子で来ていた雀の子供のほうだ。

手を出すと、少し迷うようなそぶりをしたあと、チョンチョンと小さく飛びながら近づいてきて手のひらに乗った。

「今日は一人で来たの？」

雀は首をかしげ、お遥の目をのぞき込んだ。親離れはしたけれど、やはりどこか幼さのある顔だった。

二つに割った焼き栗《ぐり》を雀に食べさせ、お遥も半分を食べながら言った。

「おまえはもう、おっかさんと一緒じゃなくてもいいの？」

春にはこの雀もすっかり大人になって、番《つがい》をつくって親になるのだろう。そして子雀を連れて、またこの屋根に来てくれるかもしれない。

春が待ち遠しい、とお遥は空を見上げた。

お夏の子供が生まれるのは春の終わり頃だろうか、と思うと余計に春が待ち遠しかった。

まだ小さな赤ん坊だった富蔵を亡くし、気鬱《きうつ》の病にかかってしまい、一時はどうなることかと思ったものだ。「お遥ちゃんのおかげだよ」と言ってくれるが、長屋のみんながお夏のことをいつも気に掛けているからだと思う。現にお種の発案で、カナリアを贈《おく》ってからは、みるみるうちに元気を取り戻し、もとの明るいお夏になって、赤ん坊が産まれるのを待ちながら内職に励んでいる。

「ねえ、どんな赤ちゃんが生まれるかしらね」

雀は、お遥の問いかけにも知らん顔で栗を食べている。

「おまえに名前をつけてあげるね。栗太郎《くりたろう》、っていうのはどう？」

栗の殻が羽の色の茶色と同じで、とてもいい名前のように思えた。

「おまえは栗太郎だよ。言ってごらん」

何度か顔の前で繰り返して、名前を覚えさせようとしていると、ふいに雀が飛び立った。と同時に、金吾《きんご》がひょっこり顔をのぞかせた。

「お遥ねえちゃん」

真っ黒に日焼けした顔で白い歯を見せ、ニッと笑った。

金吾は隣町に住む駕籠《かご》かき、弥六《やろく》の息子だ。弥六は二年ほど前に女房を亡くしてから、博打《ばくち》にのめり込んであまり働かないという噂を聞いている。そのために金吾はシジミをとって売り歩き、子守や町内の頼まれごとなどをして小遣《こづか》いを稼いでいる。

今年十二になる金吾は、とても利発でどんな仕事もそつなくこなす。弥六がもっとしっかりしていれば、堅《かた》いお店《たな》で奉公をさせるだろうに、とお遥は常々思っていた。

「金ちゃん、今日はなんの虫を持ってきたの？」

「蜘蛛《くも》とバッタと、それから蛾《が》」

昨日仕入れたシジュウカラが喜びそうだ。これから寒くなれば虫のような精のつくものを十分に食べられなくなる。今のうちにたくさん食べさせてやりたい。金吾はお遥と徳造に頼まれて、小鳥たちのために虫をとってきてくれるのだ。虫と引き換えに渡すのはわずかな銭だが、金吾は喜んで働くのだった。

「徳さんからこれもらったよ」

金吾は懐から紙包みを出した。広げると焼き栗が出てきた。

「よかったねえ、おユキちゃんと分けて食べてね」

お遥がそう言うと、金吾は目を宙に泳がせて、少し悲しそうな顔をした。

おユキというのは金吾の十七になる姉だ。お遥と年が近いので、以前はよく一緒に遊んだものだ。だが、母親が亡くなってからは、いろいろと大変なのだろう、近頃は顔を合わせることもなかった。

金吾は首を伸ばし、通りの向こうを見て指さした。

「伊織《いおり》様が来るよ」

「どこ?」

金吾の視線を追うと、山元町《やまもとちょう》の通りを着流しの伊織がのんびりと歩いてくる。

「ほんとだ。金ちゃん目がいいねえ」

と言った時には、もう金吾は屋根から下りるところだった。

「じゃあ、伊織様と仲良くやんなよ。喧嘩《けんか》しちゃだめだよ」

首だけ出してそう言うと、金吾はさっさとどこかに行ってしまった。ませた言い方がちょっとしゃくに障《さわ》るが、可愛くて笑ってしまった。

八田《はった》伊織は、鳥見組頭《とりみくみがしら》の八田宗右衛門《そうえもん》様の嫡男《ちゃくなん》だ。いずれ跡を継いで伊織も鳥見組頭になるのだろうが、今は鳥見役として御鷹場《おたかば》の御用をしているらしい。つまり公方《くぼう》様《さま》が鷹狩りをなさる時に不都合がないよう日頃から準備をしておくのだ。

伊織がかなりあ堂に顔を出すようになったのは、このお役目についてからだ。父親の宗右衛門様が組頭になられた時に、引き継ぐ形となったと聞いている。

四年ほど前、まだお遥が十二歳の子供だった頃に一度現れたあと、ごくたまに来るだけだった。だが、ここ一年ほどは数日おきにやって来るようになった。

初めは飼鳥屋を監視するお役目で来ているのだと思っていたが、それはほとんど口実のようなものではないかとお遥は思っている。なぜならいつも徳造と世間話をし、お遥をからかうだけで帰ってしまうのだから。牛込《うしごめ》の伊織の屋敷から、かなりあ堂がある平川町《ひらかわちょう》まではさほどの距離ではない。暇《ひま》ができると、いつもふらりとやって来るのだ。

伊織が屋根の上のお遥に気づいて、大きく手を振った。

今日は伊織と話をする気分ではなかった。自分が捨て子だったということが、まだ心の中でわだかまりを残していた。それで気づかないふりをした。

「おおい、お転婆《てんば》。居眠りでもしてるのか。落っこちるなよ」

町内中に聞こえるような大声で怒鳴った。向かいの唐物屋のおじさんが、こっちを見て笑っている。

お遥は、「落ちたりしません」と冷ややかに答えた。

「おい、どうしたんだよ。腹の具合でも悪いのか。悪いもん食ったんだろう」

伊織は慌てたように店に入った。徳造となにか言葉を交わしているが、なにを言っているのかは聞こえない。

伊織は屋根に上ってきて隣に座った。お遥のおでこに手を当て、「熱はないみたいだな」と言った。

お遥は伊織の手を払いのけた。

「熱なんてありません」

「じゃあ、どうしたんだよ。いつものおっちょこちょいのお遥じゃないから心配になるじゃないか」

「はあ？　私のどこがおっちょこちょいですか？　そりゃあ、落ち着いているとは言えないかもしれませんけど、伊織様が思うような慌《あわ》て者《もの》でも粗忽者《そこつもの》でもありませんから」

ふくれてプイと横を向いた。

「そうかあ？　こないだは裸足で町内を走り回ってたっていうじゃないか」

伊織が可笑しそうに笑う。その小馬鹿《こばか》にした笑いで、お遥はすっかり頭に血が上ってしまった。

「あれには、ちゃんとした理由があるんです。幽霊が出て、でも結局それは幽霊じゃなくてオウムだったんだけど、知らないから驚いちゃって、それで……」

懸命《けんめい》に説明しながら伊織を見ると、やはり小馬鹿にした顔つきで鼻で笑った。

「なにを言ってるんだ。お前《めえ》は」

「もういいです。伊織様にはなにを言ってもしょうがないですから」

からかわれると、なぜかいつもムキになってしまう。嫌いというわけではないのだ。ただ、伊織のお役目のことを思うと、どうしても棘《とげ》のある言い方になってしまい、それを伊織がからかうというのがお定まりだった。

鳥見役というのは御鷹場の保全だけでなく、狩りをする御鷹様の餌も用意する。御鷹様の餌は雀や鳩《はと》、鶉《うずら》などの小鳥だった。伊織は鳥刺しに命じて餌を毎日集めさせているのだ。その上鷹匠《たかじょう》や鳥見の役人たちのあいだでは、鶴《つる》、雁《がん》、鴨《かも》以外の鳥は雑鳥《ざっちょう》と呼んでいるという話を聞いて、ますます伊織の前ではぶっきらぼうになってしまうのだ。子雀の栗太郎が、いつか御鷹様に食べられはしないかと思うと暗い気持ちになる。

「まあ、どこも悪くないのなら、いいんだ。心配したじゃないか。いつもの跳ねっ返りが妙におとなしかったから」

伊織はのんきに腕組みをして、「風が涼しくなったなあ」などと独りごとを言っている。

思いがけず伊織の優しさに触れて、自分が捨て子だったということを言ってみようかと、ふとそんな気になった。だが、言ってどうする、という気もする。慰めて欲しいわけじゃない。ただ、今のとりとめのない気持ちをなんとかしたいだけだ。

「お遥、今日も暇なんだろう？」

「私はいつだって忙しいんです。伊織様とは違います」

「こうやって屋根に上ってぼんやりしてるじゃないか。どう見ても暇をもてあましているとしか思えない」

伊織の言うことももっともなのだが、しゃくに障るのでなにか言い返してやろうと思った。その時、店のほうからお種の声が聞こえた。よくわからないが、なにか怒っているようだ。もっともお種の声は怒っていなくても、そんなふうに聞こえるのだが。

「お種さんが来てるみたいだな。相変わらず騒がしい人だ」

伊織は腰をあげ梯子を下りていった。お遥も続いて二階の窓から家に入り階下に下りた。

「いいところに来てくれた」

お種は嬉しそうに伊織に駆け寄った。伊織と顔を合わせるたび、「いつ見てもいい男だねえ。私がもう少し若かったら」などと言って品《しな》を作るのだが、今日はなにを慌てているのかいきなり喋り始めた。

「ついさっき番所に行ってきたんだよ。うちの売り上げが盗まれてますって訴えたんだ。そしたらさ、勘違いだろうとか、はした金じゃないかとか言うんだよ。あたしゃ、そのはした金でおまんまを食べてるんだ。たとえ一文でも二文でも、それが積み重なって大金《たいきん》になるんじゃないのさ。一文を笑うものは一文に泣くんだよ。ねえ、そうだろう？　それをあのお役人ときたら、あたしのことを馬鹿にしてさ。まったく腹が立つっ」

怒っているように聞こえる、と思ったらお種は本当に怒っていた。

「どこのどいつだよ、うちの売り上げを盗むなんてさ。悔しいったらありゃしない」

「売り上げってどのくらい？　ひょっとしてひと月分の、とか？」お遥が訊く。

「いや、今日の分だよ。そんなにたくさんじゃないんだ。梁《はり》から籠を吊るしてあるだろう？　あれに入れてあったのを盗まれたんだよ」

「あの籠って、お種さんの頭の上にあるよね。あそこから盗っていったんですか？」

「ずいぶんと堂々とした泥棒がいるもんだな」

伊織は感心したように言った。

「お種さん、気がつかなかったんですね」

お遥は小声で伊織に言った。

伊織は目だけでうなずいた。

「まったく、お役人ってのはどうして、ああ憎らしいんだろうね。伊織様だって、そうやってぶらぶらしているけどお役人だろう？　あの木《こ》っ端《ぱ》役人よりあんたのほうが偉いんだろう？　なんとか言ってやっておくれよ」

「ああ、そうだな。しかし俺はそういうお役目とは……」

伊織もお種には弱いようで、いつもの調子が出ない。言《げん》を左右にしてこの場をのがれようとしていた。

「ああもう、じれったいねえ。いいよ、泥棒は自分で捕まえてやる」

お種はそう言い放つと店を出ていった。

お遥と徳造、伊織は急に静かになった店の中で、しばらく顔を見合わせていた。三人ともお種の剣幕に気圧《けお》されてしまったのだ。

「ああ、ええっと、お遥の元気がないって、伊織様が心配していたけど」

徳造がまるで我に返ったみたいに目をぱちくりさせて言った。

「私は元気よ。大丈夫」

捨て子だったとお遥が知ってから、徳造は前にもましてお遥のことを気にかけてくれる。だがそのことを話題にするのを、徳造は相変わらず避けていた。だからお遥も普段は気にしていない風を装って、考え事をする時は屋根の上と決めているのだ。

「俺の顔を見たら元気になっちまったんだとさ」

と伊織はからからと笑った。脳天気な笑い声が今日ばかりはありがたかった。

「じゃあ行こうか。なあ、お遥」

「え？　行くってどこへ？」

「今日はだらだら祭の最後の日じゃねえか。ちょっとつき合え」

だらだら祭は芝神明宮《しばしんめいぐう》の秋祭りの別名だ。十一日間もつづくので、だらだら祭と呼ばれている。

「なんで私が？」

「どうせ暇なんだろう？」

「暇じゃないって言ったじゃないですか」

「まあまあ、いいじゃないか」

いきり立つお遥を徳造がなだめる。

「店のほうはいいから行っておいで。あたしの代わりに商売繁盛《はんじょう》をお願いしてきておくれ」


今日が祭の最後の日とあって、芝神明宮の人出は大したものだった。曲馬や軽業《かるわざ》、吹き矢などの見世物が出て、露店もずらりと並んでいる。中でも束ねた葉しょうがを売る店はいくつも出ていた。

お遥と伊織は、それぞれ一束ずつ葉しょうがを買った。ここで買ったしょうがを食べると風邪《かぜ》をひかないと言われているのだ。

人混みの中をぶらぶらと歩くうち、伊織は千木筥《ちぎばこ》を売っている店の前で足を止めた。千木筥は小物を入れる小櫃《こびつ》をかたどったものだ。大中小の曲げ物を三つ重ねて結《ゆ》わえてある。藤《ふじ》の花が描かれていてとても可愛らしい縁起物《えんぎもの》だ。

「二つもらおう」

千木筥を受け取った伊織は、一つをお遥によこした。

「つき合ってくれた礼だ。美代《みよ》に頼まれてね」

そう言って伊織は照れくさそうに首の後ろを掻《か》いた。

美代様は伊織の妹で、十も年が離れている。体が弱く、よく寝付くようだ。今日もきっと美代様の頼みで千木筥を買いに来たのだろう。この可愛らしい筥を一人で買うのが恥ずかしいのでお遥を誘ったのだ。

「ありがとうございます。お美代様は具合がお悪いんですか？」

「ああ、風邪をひいたあと、咳がとれなくてな。そんなに悪くはないんだが、大事をとっているんだ。千木筥を買いにくるのを楽しみにしていたんだがな」

「そうですか」

お遥は丈夫なたちなので、美代様のことは心底気の毒に思う。ただでさえ自由に外を歩けない旗本のお嬢様なのに、楽しみにしていたお祭りに来ることができないなんて。

「なんで千木筥っていうか知ってるか？」

お遥が知らないと言うと、伊織は本殿の屋根から突き出ている千木《ちぎ》を指さした。

「ほら、あれだ。ここの千木の余った材木から作られたからって話だぜ。それから千木は千着に通じるっていうんで」

伊織は宙に指で、「千着」と書いた。

「良縁に恵まれて衣装が増えるんだそうだ」

「へえ」

改めて千木筥を見ると、なにやら御利益《ごりやく》がありそうな気がしてきた。千木筥を持って行き交う女たちが、ウキウキとした顔なのもうなずける。

本殿をお参りしたあと、おみくじを引こうとすると、後ろにいる人の話が聞こえてきた。小さな女の子と、その母親のようだ。

「今日はどうしていないの？」

「どうしてかねえ。鳥もたまにはお暇《ひま》をもらうんだろうかね」

「このおみくじじゃなくて、鳥のおみくじがいい」

女の子はついに泣きだしてしまった。母親がなだめるがなかなか泣き止まない。

「鳥のおみくじですって。なんでしょうね」

お遥は興味を引かれて伊織に訊いた。

「なんだろうな」

伊織は気のない返事をして、風にはためく幟《のぼり》を見上げている。

「おっ、見ろ。ダチョウの見世物が来ているぞ。お遥もああいうのをやりたいんだろう？」

以前、伊織にお遥の夢を話したことがある。かなり前のことだが覚えていてくれたことは嬉しかった。しかし、なにを勘違いしたのか、お遥が話したこととはまったく違う。

「そうじゃなくて大きな花鳥茶屋《かちょうぢゃや》をやりたいんです」

「そうだったか？　あの浅草《あさくさ》の奥山にある花鳥茶屋みたいなやつか。ああ、そうか孔《く》雀《じゃく》の見世物をやりたいんだったな」

「うん、そうなの」

お遥はとりあえず、そう返事をした。前にお遥の夢の話をした時もそんなふうに言ったはずだ。しかしちゃんと説明するのはむずかしい。まだ、お遥にも具体的に自分がどんなものをやりたいのかわかっていないからだ。

花鳥茶屋というのは、その名の通り珍しい花と鳥を見ながら茶菓を味わえる茶屋だ。浅草や両国《りょうごく》、上野《うえの》山下で今、大人気だ。お遥も徳造に連れて行ってもらったのだった。

たくさんの鳥籠がならび、インコやキツツキ、キンケイやキジの仲間のハッカンなど珍しい鳥がたくさんいた。鳥のほかにも鹿や羊が繋《つな》がれていた。そんな生き物たちが居並ぶなかをぶらぶらと歩く供連れの御武家様。子供を背負ったおかみさん。着流しの遊び人風の男やお坊さんが、どの人も子供のように目を輝かして歩いていた。ところどころに三人掛けの床几《しょうぎ》が置いてあって、茶屋から運ばれたお茶を飲み団子を食べながら、あるいは煙草《たばこ》を吸いながら、だれもがのんびりと鳥たちを眺めていた。

茶屋の中程にひときわ大きな鳥籠があった。中には驚くほど大きな鳥がいる。それが孔雀だった。細く長い首に小さな頭。頭頂には青い毛束が、開いた扇《おうぎ》の骨のようなものの先にふさふさと付いていた。立ち姿は気品があって美しい。

羽は頭から胸にかけて輝くような青で、背中は目が覚めるような緑色だった。背中の羽は裳裾《もすそ》を引いたように後ろに長く伸びて、よく見れば龍《りゅう》の目のような模様のある飾り羽根なのだった。その飾り羽根を屏風《びょうぶ》のように広げることがあると聞いていたので、お遥は固唾《かたず》を呑《の》んで見守っていた。

しばらくすると茶屋の者が孔雀の籠の扉を開けた。餌をやるのか、それとも掃除をするのか。見ていると、なにに驚いたのか孔雀は店の男を突き飛ばして籠の外に出てしまった。

客たちがわっと声を上げる。

すると孔雀は翼を広げて空へと飛び上がった。

大きな翼の先は燃え立つ炎の色だった。尾の飾り羽根を上下に揺らし、孔雀は優雅に空を舞った。

そのあとのことはよく覚えていなかった。ただ、美しい孔雀の姿だけが目に焼き付いていた。

その日からお遥は、孔雀が飛ぶことのできる広さがある花鳥茶屋を開きたいと思うようになった。孔雀だけではなく、小鳥も大きな籠の中で自由に飛べる。そして水鳥は小川や池でのびのびと泳ぎ回る。そんな花鳥茶屋だ。

お遥が夢に描く茶屋はいつまでたっても、それ以上進まなかった。どれほどの広さの土地があればいいのか、どれほどの金子《きんす》が必要なのか、考えようとしても考えられないのだ。

「ほら、お遥。おみくじを引かないのか」

すでにおみくじを引いた伊織がお遥を促《うなが》した。

お遥は、「大吉が出ますように」と願いを込めて箱の中から一枚のおみくじを取りだした。開いてみれば願いの通り大吉だった。

「ほら」と伊織に見せた。

「大吉か。願い事は叶《かな》う。商《あきな》いは利あり。いいじゃないか」

「伊織様のは？」

お遥は背伸びをして伊織の手元をのぞいた。

「俺のは末吉だ」

「でも、病は癒《い》えるって書いてますよ。よかったですね。お美代様もすぐに元気になりますよ」

伊織は優しい顔で微笑んだ。伊織とお遥の願いが神様に通じて、きっと病は癒えるだろう。

境内から大横町《おおよこちょう》に出た時だった。三つくらいの男の子が声を張り上げて泣いていた。「おっかさん。おっかさん」と言っているようだ。そばに大人はだれもいなかった。心細いのだろう、必死な泣き声でこちらまでが辛くなる。

「迷子《まいご》でしょうか」

「そうだな。この人出だ。親とはぐれたのだろう」

そう言っているうちに、母親らしき人が慌てて駆けてきた。

「だめじゃないか。どこに行ってたんだい」

叱りつけながらも嬉しそうに子供を抱き上げ、そのまま通りを歩いて行った。

「よかったな。母親がすぐに見つけてくれて」

伊織の言葉に、お遥は返事ができなかった。

今の母子は血の繋がった親子だろうかと考えてしまうのだ。自分が捨て子だと知ってからそうなった。特にお遥と同じくらいの娘と母親らしき人が並んで歩いていると、顔を見くらべては似ているから親子だろう、などと思ってしまう。

血の繋がった肉親がそばにいる。それはどんな感じなのだろう。

「私、捨て子だったんです」

思わず口をついて出た。

「知ってるよ」

「え」

伊織はいつもの涼しい目をしている。

「お種が口を滑らせたんだってな」

そうか、お種から聞いたのか。

「捨て子だって聞いて、めそめそ泣いてたってことも」

「泣いてません」

からかうように言うので、お遥は伊織の腕を叩いた。すぐにまた何か言われるだろう、と身構えていたら予想に反して伊織は真剣な面持ちだった。

「徳造はお遥を本当の妹だと思いたいから、これまで言わなかったんだ。黙っていたことを悪く思うなよ」

「はい」

多少うらめしい気持ちはあるが、徳造には感謝しこそすれ、悪く思うようなことはない。

伊織とこの話ができて、お遥はずいぶん気が軽くなった。捨て子だという事実は変わらないけれど、心の中に暖かいものがあるのを強く感じる。優しい人に囲まれて、自分は幸せだと改めて思うのだった。


かなりあ堂に戻ると客が来ていた。前にも何度か来たことのある播磨屋《はりまや》という小間物屋の御隠居で、ヤマガラを飼っているはずだ。餌でも買いに来たのかと思ったが、そうではないらしい。

「こっちのオオルリはどうですか？　いい声で鳴きますよ。羽の色もきれいだし」

徳造のすすめに御隠居は首をかしげて、「うーん」と唸《うな》っている。

「やっぱりヤマガラにしようか」

「そうですね。逃げたヤマガラを諦《あきら》めたんでしたら、やっぱりヤマガラがいいんじゃないですか？」

「だけどまたヤマガラを飼ったら、豆太郎《まめたろう》を思い出しちまって。辛くはならないかねえ」

どうやら豆太郎というヤマガラが逃げたので、別の鳥を飼おうか迷っているようだ。

御隠居は少し腰が曲がっているものの頑丈《がんじょう》そうな体つきをしていて、特に必要もなさそうなのに杖をついている。その杖で土間に文字のようなものを書きながら、煮え切らないようすでうじうじと言葉を続けた。

「それに諦めたわけじゃないんだ。いや、一応諦めたんだけどね。本当に諦めたわけじゃなくて、ひょっこり戻って来やしないかって思ってもみてねえ」

「はあ」

「だけどもうひと月にもなるしねえ。諦めたほうがいいのかねえ」

決心のつかない御隠居に、徳造は一緒になって考えてやる。

「ええっと、豆太郎ちゃんが戻ってきてもいいように、雌《めす》のヤマガラを飼ってはどうですか？」

徳造は自分でも気の利いたことを言った、と思ったのか低い鼻をじゃっかん高くした。

「おお、そりゃあいい考えだ。豆太郎は本当に利口な子だからね。家で雌が待っているのを知ったら飛んで帰ってくるよ」

お遥は思わず吹き出した。ヤマガラなら間違いなく飛んで帰ってくるだろう。だが、雌が待っていることをどうやって知るのだろう。

「で、雌のヤマガラはどこだい？」

御隠居は店の中を見回したが、雌のヤマガラどころか一羽のヤマガラもいない。

「御隠居さん、三日ほど待ってもらえますか？　仕入れておきますから」

お遥は、雑司ヶ谷のあたりで頑張れば、雌のヤマガラをつかまえられるだろうと算段した。

お種が店に入ってきた。肩を落とし、ひと目見ただけでいつものお種とは違うのがわかる。元気がないだけではなく、心ここにあらずといった感じだ。

「どうしたんですか？　お種さん」

お種は上がり口にどすんと座り、大きく息をはいた。

「また、やられちゃった」

「また？」

「ああ、そうさ。泥棒《どろぼう》に売り上げを盗まれちまったよ。ここのところ毎日だよ」

お種は泥棒を捕まえてやろうと、店にいる間中ずっと気を張っていたのだという。

「大根とゴボウと芋、それから人参《にんじん》も売れた。いくつ売れたかもちゃんと覚えていたんだよ。だから籠の中にいくら入っていたか、分かってるんだ。でもさっき勘定《かんじょう》したら足りないんだ」

「いくら足りないんですか?」

お遥は麦湯を入れた湯飲みを渡しながら訊いた。

「一文だよ」

お種は言い切って、ぐびりと麦湯を飲んだ。

あやうく吹き出しそうになったが、すんでのところでこらえた。笑ったりすればお種の怒りをさらに燃え上がらせることになるだろう。

とん、と杖を突いて御隠居が一歩前に出た。

「一文ですか」

お遥は売り上げが、梁から吊るしてある籠から盗まれたのだと説明した。

「あたしゃ、怪《あや》しい奴が入ってこないか、いつだって気にしてたんだ。お客の相手をしている、ちょっとの間に盗んだんだよ」

「いたずらってことでしょうかね」

　徳造が言った。

「いたずらで泥棒されたら、たまったもんじゃないよ」

「いたずら……うーん」

　御隠居は少し考えて難しい顔で言った。

「うちの息子が言っていたんだがね。ちかごろ、店の品物が盗まれるそうだ。盗まれるのは、そう高価なものじゃないんだ。何日かに一度、銀の根付《ねつけ》が一つだけだというんだから、おかしな話だ。息子も首をかしげていたよ。いたずらだろうか、なんて言ってたな」

　その時、金吾が店の前を通りかかった。

「金ちゃん、ちょっと待って。お願いがあるの」

　なにやら急いでいる金吾の背中に声をかけた。振り返って戻ってきた金吾は、「なんだい？」とお遥を見上げた。

「あのね、エゴノキの実をとってきて欲しいの」

　エゴノキの実はヤマガラの好物だ。固い殻をくちばしで上手に割って中の種を食べるのだ。足で実が動かないように押さえて、割る姿が可愛らしいので鳥と一緒に売ることがある。

播磨屋の御隠居にも、金吾から仕入れた実を売るつもりだ。孔雀が飛ぶ花鳥茶屋を作るために、少しずつでもいいから今から金子を貯めるのだ。

「いいよ。いつまでに？」

「三日ののちくらいに。できるだけたくさん欲しいんだけど」

ヤマガラもたくさんつかまえるつもりだから。冬のあいだじゅうの餌にする。

「わかった」

その時、御隠居が店の外に出てきた。金吾を見てにこにこしている。

「金ちゃん、ちかごろちっとも顔を見せないね。また遊びにおいで」

金吾はものも言わずにくるりと向きを変えて走って行った。

「どうしたのかしら」

今朝会った時は、とくに変わったようすもなかったのに。

「無理もない。いろんなことがあったから」

「なにかあったんですか？」

「ああ、金吾の父親がね、あの博打打ちが」

御隠居は吐き捨てるように言った。

「博打やりたさにおユキちゃんを吉原《よしわら》に売ってね、しばらくは羽振りもよかったんだが、金を持ってどこかに消えちまったんだよ」

お遥は驚いて声も出なかった。父親がいなくなったのは、ひと月くらい前のことだという。近所の人がなにくれと面倒をみているし、長屋の大家も可哀想に思ってご飯を食べさせたりしている。しかしこのまま、というわけにもいかないので町内の者たちは、どうしたものかと話し合っているという。

隣町の噂はここまで届かないのだろう。まったく知らなかったので、とにかく驚いた。金吾のようすも変わったところはなかったように思う。

それにしても、なんて不幸な子供だろう。一緒に遊んだおユキもそうだ。いたたまれない気持ちになってお遥はため息をついた。屋根の上でおユキの話をした時に、悲しそうな顔をしたことを思い出す。

隣で御隠居も、金吾が走って行った方を見てため息をついていた。

「可哀想な子たちだよ」

御隠居はヤマガラのことを頼みます、と言って帰って行った。

翌日はヤマガラをつかまえるために勇んで出掛けた。豆腐屋の前を通りかかると、おかみさんが店の前で豆腐の桶を洗っていた。

「おや、まあ」

おかみさんは立ち上がり、腰を伸ばしながら言う。

「ずいぶん勇ましい格好じゃないか。鳥をとりに行くのかい」

「はい」

お遥は頭を手拭いで姉《あね》さん被《かぶ》りにし、足には脚絆《きゃはん》、手には長い黐竿《もちざお》を持っていた。そして大きな籠を背負っている。ヤマガラをたくさんとるつもりでいたので、一番大きな籠を持ってきたのだ。

「苦労するねえ。だけどね、貧乏してても遥ちゃんは器量よしなんだから、きっといいとこにお嫁にいけるからね。望みを捨てちゃだめだよ」

前に一度、嫁に行くつもりはないと言ったところ、おかみさんは目に涙をためてお遥を叱ったことがある。お遥は必ずいいとこに嫁に行かなければならないのだと。お遥の行く末を案じてくれているのはわかる。だが、それほど貧乏しているつもりはない。鳥をとるのは、もっと稼ぎたいからなのだ。

はいはい、と適当に返事をして道を急いだ。

ところが雑司ヶ谷では一羽もつかまえられなかった。ヤマガラの鳴き声が聞こえてもずっと遠くで、お遥が近づくともうどこかに行ってしまっている、ということばかりだった。

三日間頑張ったが、結局一羽もつかまえられず、重い足を引きずってかなりあ堂に戻った。

当てが外れてしょんぼりと店に入ると、土間にエゴノキの実が小山を作っていた。今日の昼過ぎ、お遥がヤマガラをとりに行ったあと金吾が持ってきたという。

一羽もヤマガラがとれなかったことを、徳造も残念がってくれた。

「だけど、もうおよし。明日は問屋で仕入れて御隠居さんのところへ持っていくといい」

「うん……」

でも、もう一日だけ頑張ってみようかと思っている。明日は場所を変えて、それでもだめなら徳造の言うように問屋で仕入れることにする。

「明日、もう一度とりに行こうと思っているね」

徳造はお遥の顔をのぞき込んで言った。

「どうしてわかるの？」

ほんとうに、徳造には嘘はつけない。なんでもわかってしまうのだ。

「お願い。あと一日だけ」

「しかたないね。お遥の気の済むようにおやり」

徳造は眉をへの字にして微笑んだ。

内藤新宿《ないとうしんじゅく》近くの、武家屋敷の庭園に集まる鳥を目当てにやってきた。今日もヤマガラはとれなかった。以前、このあたりでヤマガラの集団がいたので来てみたのだが、どうしたわけか一羽も見つけられない。

そういえば今までは鳥の種類を決めてとりに来たことはなかった。売れそうな鳥をわりと適当にとっていたのだ。御隠居が欲しがっているヤマガラを、ちょっとだけ高く売って儲けようと欲をかいたのがいけなかったのだ。森の神様か鳥の神様がお遥の欲張りな心を諫《いさ》めようとしているのかもしれない。

ヤマガラでなくても何羽かとって帰ろうかとも考えたが、このあと問屋に寄ることを思うと、なにもとらずに帰ることにした。

問屋は四谷御門《よつやごもん》のそばにある。顔見知りの番頭にヤマガラの雌が欲しい、と言うとひどく困った顔をした。今いるのは一羽だけだと言うのだ。その一羽が雄《おす》か雌かは、たとえ商売人でも判別するのは難しいことはお遥にもよくわかっていた。

「ほら、これだよ」

壁際に何段にも積まれた籠の一つを指さした。ヤマガラは籠の中の止まり木を忙《せわ》しなく行き来していたが、不意に止まった。番頭の指のそばまでやってきて小首をかしげる。頭と喉《のど》の部分が黒く、目から頬にかけて黄色のおびが入っている。翼と尾は青みがかった灰色で胸はきれいな橙《だいだい》色だ。その配色は見る者の目を楽しませてくれる。だがヤマガラの魅力はそれだけではない。人に慣れやすく頭がいいのだ。お遥はまだ見たことはないが、釣瓶《つるべ》引きや鐘叩きなどの芸をするらしい。

このヤマガラも少しも怖がることなく、可愛い目でお遥と番頭を交互に見くらべている。

お遥は顔を近づけて雌雄《しゆう》を判別しようとした。ヤマガラは雌も雄も羽根の色は同じなのだ。ちょっと見ただけでは区別がつかない。お遥は何羽かとってその中で雌らしいものを御隠居に売るつもりだった。いい加減なようだが、四羽か五羽もつかまえて、その中に雌が一羽でもいれば、ある程度はわかるのだ。雄よりも心持ち足が短く、喉の黒い部分が小さいのが雌だ。抱卵の時季であれば雌はお腹の毛が抜けているのでわかりやすいのだが。

「わからない」

森の中にいれば、縄張りを主張して鳴いているのが雄だし、雌の気を引くために囀《さえず》っているのが雄だ。だが一羽だけでは確かめようがない。

自分でつかまえようなどと思わず、最初から問屋に頼んでおけばよかったのだ。三日くらいあれば大丈夫だと思って、御隠居にもそう言ったが、今日でもう四日目だ。きっと待っているだろう。

「これをもらって行きます」

豆太郎が戻ってきて、この鳥が雌でないことがわかったら取り替えます、と伝えよう。雄と雌の区別が難しいことを話してわかってもらおう。自分の落ち度を隠すようで気が引けるのだが。

重い気持ちで問屋を出て外濠《そとぼり》のほうへ歩き出した時である。商人ふうの男に金吾が腕を摑まれ、なにやらどなられていた。

その男の剣幕に気圧されて、お遥はすぐには動けなかった。男はかなり大きなお店《たな》の主人らしく、着物は上等なもので態度も堂々としている。

男の口から「番所へ」という言葉が聞こえて、お遥は駆け寄った。

「あの、この子がなにかしましたか？」

「とんでもない子供だ。私の巾着《きんちゃく》を盗もうとしたんだ」

「そんな。金ちゃん、本当なの？」

金吾は口をへの字に曲げ、きかん気の顔で握《にぎ》り拳《こぶし》を作っていた。

「あんたこの子の知り合いかい？」

「はい。この子は弟みたいなものです」

金吾が驚いたようにお遥を見上げた。

「悪いことをするような子じゃないんです。きっと訳があるんです」

お遥は男に頭をさげた。

「もう二度とこんなことはさせませんから、どうか勘弁してください」

「まあ、あんたがそう言うなら」

お遥の必死の頼みで、男は渋々《しぶしぶ》去って行った。

「金ちゃん、あの人の巾着を盗もうとしたって本当なの？」

金吾は固く口を結んで棒のように突っ立っていた。

「悪いことだ、って知ってるよね」

どうしてこんなことをするのか、聞かずともわかっている。だが、このままでは金吾は悪い道に入ってしまう。

四谷御門から山元町のほうへ歩きながら、お遥と金吾はひと言も口をきかなかった。

お遥は金吾が盗みをしたことが、ただただ悲しかった。けれどもそうせざるを得ない訳があるのもたしかだ。

あと一町も行けばかなりあ堂、というところに来てお遥は言った。

「ねえ、金ちゃん。うちでご飯食べていかないかい？」

叱られたり小言を言われたりすると思っていたのだろう。驚いた顔をしたかと思うと赤くなってうつむいた。やはり自分がしたことを悪いと思っているのだ。

お遥は少し安心して先を急いだ。御隠居のところに行くのが延びてしまうが、どうしても金吾にご飯を食べさせたい。

途中、奮発して豆腐屋で油揚げを買った。お種の八百屋で大根とネギも買い、かなりあ堂に戻った。

徳造はちょっと驚いたようだが、なにか訳があると思ったのだろう、お遥を見て小さくうなずいた。

「兄さん、金ちゃんにうちのご飯を食べてもらおうと思って。いいでしょう？」

「ああ、いいとも。それでいろいろ買ってきたんだね」

「兄さんは味噌汁を作って。私はご飯を炊くから」

「えっ、お遥が炊くのかい？」

「そうよ」

不安そうな顔の徳造をよそに、お遥は釜を出して米をとぎ始めた。

「金ちゃん、かまどに火をおこしてちょうだい」

「うん」

かなりあ堂に着いて鳥たちを眺めていた金吾は、少し明るい顔になって火をおこしはじめた。

金吾が薪《まき》を取りに行った時、お遥はきょうあったことを手短に話した。

「そりゃあ……可哀想に。胸が痛むよ。追い詰められていたんだね」

「私もなんて言っていいかわからなかった。叱らなきゃならないってわかってても、とても叱れなかった」

徳造はうんうんとうなずいている。

「あ、お遥。水加減はもうちょっと……」

「大丈夫、大丈夫。まかせておいて」

金吾が戻ってきたので、ちょっといい格好をしてしまった。実を言うとお遥がご飯を炊くと、なぜか今ひとつなのだ。いや、今ひとつどころか徳造が炊いたご飯にはぜんぜんかなわない。徳造がそばで水加減から火加減までを、細かく教えているにもかかわらず、だ。それでお遥はご飯を炊くのを諦めてしまった。徳造にはご飯をおいしくする、なにかが、たぶん特別ななにかがあるのだ。

お遥が下手くそなのはご飯を炊くことだけではなく、味噌汁を作るのも下手だし魚も上手には焼けない。大根の漬け物を切るのだって、徳造が切ったほうが断然美味しいのだ。ただ切るだけなのに、なぜそんなに味が違うのかまったく不思議なのだが。

少しはやい夕餉《ゆうげ》となったが、お遥も金吾もよく食べた。徳造の作った大根と油揚げとネギの味噌汁が美味しくて二人とも二杯ずつ食べた。家族が一人増えたようで、お遥は嬉しかった。水加減が悪くて芯が残ったご飯も笑いの種になった。

「いつもはもっとちゃんとできるんだよ。今日はたまたまかたかったのよ」

「お遥ねえちゃんが炊いてくれたご飯だから、美味しいよ」

「金ちゃんたら、口がうまいわねえ」

三人はどうということもない話をして、それほど可笑しいわけでもないのに笑い合った。

「もう、あんなことしない」

不意に金吾がそう言った。目は茶碗の中の白いご飯を見つめていた。もちろん、あんなことがなにかはわかっている。

「うん。約束だよ」

金吾の顔が、以前の子供らしい笑顔になった。

翌日、お遥は御隠居のところへヤマガラを持って行った。播磨屋は麴町《こうじまち》一丁目の表通りにある堂々とした店構えの大店《おおだな》だ。

お遥は何気なしに通りから店の中をのぞいた。女の客が二人、半襟《はんえり》の品定めをしていた。そばにはなん種類もの櫛《くし》と根付が入った箱が置いてある。さまざまな細工の根付の中に、御隠居が言っていた銀の根付も並べてあった。一文銭をひと回り大きくしたものに唐草が透かし彫りになっている。

お客が華やかな笑い声をたてた。上客のようで相手をしている店の者は、まさにえびす顔だった。

お遥は裏の離れへ向かった。

御隠居は庭の菊に水をやっていた。

「こんにちは、ヤマガラを持って参りました。遅くなってすみません」

「いや、いいよ。一ヵ月も豆太郎がいなかったんだ。一日や二日延びたからってどうってことない」

御隠居は手桶を下に置いて鳥籠の中をのぞき込み、目を細めた。

「かわいいねえ。おまえはなんて名前にしようかね」

「あのう、ひょっとすると雌じゃないかもしれません」

「そうかい。小鳥には雌雄の区別が難しいのが多いからね。豆太郎だって本当に雄かどうかわかったもんじゃないし」

御隠居の笑いにつられてお遥も笑った。

「もし豆太郎ちゃんが帰ってきて、この鳥と仲が悪いようでしたら言ってください。気が合う鳥をなんとかして見つけてあげたいと思います」

お遥は遅くなったお詫びにエゴノキの実を持ってきた。御隠居はそれを食べさせながら目尻を下げている。ヤマガラは実を足で押さえ、くちばしでカチカチとついて中の種を食べている。お遥も思わず頰を緩めた。

「今朝、金ちゃんを見かけたんで声を掛けたら、逃げるように行ってしまってね」

御隠居は寂しそうに目を伏せた。

「あたしは嫌われているんだろうかねえ。心当たりがないんだが」

「どうしてなのかしら」

昨日は以前の金吾に、ちょっとだけ戻ったようにも見えたのに。

「大家さんが浜松町《はままっちょう》の奉公先を見つけてくれたんだよ。ところがだよ。金ちゃんは嫌だって言うんだ。絶対にそんなところには行きたくないって。それであたしと大家さんとで、なんとか説得しようとしたんだ。それが気に入らなかったのかねえ。それで嫌われちまったんだろうか」

感謝されこそすれ、嫌うなどということはないと、だれが聞いても思うだろう。盗みをするほど追い詰められていたのなら、奉公先が決まるのは手放しで喜んでいいはずだ。

家に帰る途中、伊織と行き合った。かなりあ堂に行くところだったという。

伊織の姿を見つけた徳造が、店の中から走り出て来て、くどくどと礼を言い始めた。

「この間は、ありがとうございました。お遥にアレを、えーっとなんでしたっけ。あの、芝の神明様で……こんな、ちいさいアレを」

「ああ、千木筥かい？　いいんだよ、ついでに買っただけだから」

「はあ、ついでですか。でもまあ、ありがとうございます」

そばで聞いていたお遥はカチンときた。ついでだったのか。優しい人だと思ったことをちょっと後悔した。

「さっき金吾に会ったんだが、大きな風呂敷包みを背負ってた。あいつ、なにをやっているんだ？」

伊織は金吾がなんの仕事をしているのか、気になって訊きに来たという。

「風呂敷包みって、なにを背負っていたのかしら」

「うん。とにかくでかかった」

向かいの唐物屋のおじさんが、なにか言いたげにこちらを見ている。

二人連れの若い女が通り過ぎる。両国で鳥のおみくじをやっているという。

「しばらく見なかったよねえ」

「うん、このあいだは芝の神明様でやっているっていうから、わざわざ行ったんだよ。そしたらいなくてさ」

鳥のおみくじ？

「伊織様、金ちゃんが背負っていた荷物って、鳥籠じゃなかったですか？」

「ああ、そうだな。あの丸い形は鳥籠かもしれん。だけどそれだけじゃなかったな」

「伊織様、一緒に両国に行ってもらえませんか？」

「おお、いいぞ。だがなぜ？」

「金ちゃんがいるかもしれません」

「なんでだよ」

不思議がる伊織の手を引っ張って両国へ急いだ。そこに金吾がいたら、すべての謎が解けるはずだ。

両国はいつもながらたいへんな賑わいだった。水茶屋や食べ物屋の屋台がずらりと並び、よしず張りの芝居小屋がいくつもあった。

「鳥のおみくじはどこですか？」

お遥は向こうから歩いてきた商家のおかみさん風の人に訊いた。

「さあ、知らないね」

「鳥のおみくじってどこでやってますか？」

今度は天秤を担いだ薪《まき》売りに訊いた。

「なんだい、それは」

来る人来る人に訊いて、十人目の甘酒売りのおじいさんが、「柳橋《やなぎばし》のそばでやってたぜ」と教えてくれた。

「金吾がその鳥のおみくじをやってるってのか？」

「うん。たぶんそう」

柳橋のたもとまでやって来たが金吾の姿は見えなかったし、鳥のおみくじのようなものをやっている人もいない。

「あの、このへんで鳥のおみくじをやっていませんでしたか？」

そばでがまの油売りをやっていた男に訊いた。

「ああ、さっきまでいたよ。鳥を大事にする子供でね。今日は元気がないから半日でやめるんだとさ。疲れさせちゃ可哀想だから、ってたいした人気なのにもったいないね、って俺は言ってやったんだよ。それにしても鳥を疲れさせちゃいけない、なんて子供が言うんだよ、偉いもんだねえ」

がまの油売りだけあって、立て板に水のように喋った。

「その子、金吾っていう男の子ですか？」

「名前までは知らないよ」

しかし特徴を聞いてみると金吾のようだった。米沢町《よねざわちょう》の角の通りに入って行ったという。

お遥と伊織もそちらへ向かった。少しいったところに質屋がある。そこから大きな風呂敷包みを背負った子供が出てきた。

「金ちゃん」

お遥が叫ぶと、金吾は一目散に駆けだした。

「追いかけてとっ捕まえるかい？」

伊織が駆け出しそうな格好で言うが、お遥は首を横に振った。

くるでしょう」

「逃げる理由があるんだわ、きっと。金ちゃんの家で待つことにする。夜には帰って

そう言ってお遥が帰ろうとすると、伊織は「ちょっと待ってろ」と質屋の中に入って行った。

しばらくして出てきた伊織は、手に銀の根付を持っていた。

「あ、それ。播磨屋さんのお店にあったものにそっくりだわ」

「金吾はこれを質に入れたんだ。盗んだのか、あいつ」

涙が出て来た。約束したはずだ。もう、盗みはしないと。

「俺がとっちめてやる。さあ、金吾のところへ行こうぜ」

動こうとしないお遥を伊織が振り返った。

「どうしたお遥、なにを泣いている」

「今日はやめとく」

涙が止まらなかった。盗みを働いた金吾が悪いのはわかっている。だが、そうさせたのは、父親やまわりの大人たちではないのか。どうしてあげていれば、金吾がこんなことをせずに済んだのか考えようとしたが、考えがまとまらない。このまま金吾に会っても、なにを言っていいかわからなかった。

「よくわからないが、泣くな」

困り切ったようすで伊織が言う。

かなりあ堂に向かって歩くうちに、少し気持ちが落ち着いてきた。

「ようやく泣きやんだな。金吾が盗みを働いたのがそんなに悲しかったのか？」

お遥はうなずいた。だが、かなりあ堂の店の前に、ちょうど出てきた徳造を見ると、またこらえ切れずに涙が出て来た。

駆け寄って、徳造に抱きついた。

「兄さん。金ちゃんが……約束したのに……でも」

でも金吾だけが悪いのではない、と言おうとしたが声が詰まった。徳造は言いたいことがわかったようで、お遥の背中を撫でながら何度もうなずいた。

唐物屋のおじさんが声を掛けてきた。

「金ちゃん、どうかしたのかい？」

「あいつ、盗みをはたらきやがったのさ。鳥に芸をさせて稼いだだけじゃ足りないんだろうな」

伊織が同情を込めて説明する。

「そうか。わしは金吾に悪いことをしてしまったかな」

唐物屋のおじさんは絵双紙《えぞうし》で見た餓鬼《がき》にちょっと似ている。やせこけていて髷《まげ》を結わず、耳の上だけに残った白い髪を伸ばし放題にしていた。

「あんなものを売らなければよかったかもしれない」と白髪交じりの長い眉毛をへの字に曲げた。

おじさんは「あんなもの」を金吾に売った経緯《いきさつ》を教えてくれた。

ひと月ほど前、金吾は鳥籠を買いに来たのだという。鳥はヤマガラだというので、店に入ったばかりの小さなお宮と賽銭《さいせん》箱を見せた。それはヤマガラが銭をお賽銭箱に入れ、鈴を鳴らしておみくじをお宮から持って来る、という芸をさせるためのものだ。持ち主はその大道芸をやっていたのだが、このたび武家屋敷に奉公することが決まったので唐物屋に売ったのだ。

「お代はできた時に少しずつ払えばいいよ、って言ったんだよ。だけど金吾は律儀に三日おきに払ってくれた。ずっとだ。ヤマガラの芸だけじゃ足りなかったんだろう」

「支払を忘れないのは偉い。しかし盗みはいけない」

伊織は今度会った時にきつく叱ってやる、と息巻いて帰って行った。

怒りと悲しみとで胸がつぶれそうだ。盗みはしないと約束したのに、また播磨屋で根付を盗んだのだ。盗みをするくらいなら、なぜ奉公に行かないのだ。

もう、なにもしてやれることはないのではないか。金吾はこのまま、悪い道に入って行くのではないか。そんなよくない考えばかりが浮かんだ。

仕事に身が入らぬまま店じまいの刻限となった。お遥が表の戸を閉めていると、ご飯の炊けるにおいに気がついた。

振り向くと、徳造がお膳を出しているところだった。茶碗には炊きたての白いご飯が山盛りになっている。

「お遥がしょげていてどうする。金ちゃんをこのままにしておけないって思ってるんだろう？　だったらご飯を食べて元気をお出し」

お膳の前に座ったお遥に、徳造は茶碗と箸《はし》を持たせた。

「ほら、お食べ。きっといい考えが浮かぶよ」

うなずいて、ご飯を頬張ると優しい甘さが口一杯に広がる。お腹の中に力が湧いてきて、しっかり金吾を叱ってやろうと心に決めた。

今日が支払の日だと、唐物屋のおじさんから聞いていたので、お遥は朝から店の外に注意を払っていた。

ほどなくして金吾がこちらに向かって歩いて来るのが見えた。金吾はお遥に気がつくと足を止め、少し迷ったあと近づいてきた。叱られるのを覚悟しているのか顔が強ばっている。

金吾はお遥のほうを見ずに、唐物屋に銭を差し出した。

「これ、今日の分」

「あ、ああ」

唐物屋はお遥の顔をちらりと盗み見て銭を受け取った。

「金ちゃん、それ、播磨屋さんで盗んだ根付を質に入れた分よね」

お遥の声は厳しかった。

金吾がぐいと顔を上げた。

「違う。おいらは盗んでない」

「だけどこの間、質に入れてたでしょう？」

「質には入れたけど、おいらは盗んでない。ピー助が持って来たんだ」

「ピー助って？」

「ヤマガラだよ。あいつは頭がいいからおいらのために持って来てくれるんだ」

「鳥に盗みをさせていたの？　ヤマガラは御隠居さんの鳥よね」

金吾は、グッと言葉に詰まってうなだれた。

それを知っていたから、御隠居の姿を見て逃げたのだ。そして悪いことと知りながら、ヤマガラに根付を盗らせていた。お種の店で盗まれた銭もそのヤマガラが盗ったのだろう。

「どうして？　どうして悪いことをするの？」

「貯めたいんだ。たくさんお金を貯めて、姉ちゃんを身請けしてやるんだ。そしてまた一緒に暮らすんだ」

お遥は掛ける言葉が見つからず、膝をついて金吾を抱きしめた。

小銭を貯めたくらいじゃ、いつまでたっても身請けするほどの額にはならない。姉を身請けして一緒に暮らしたいという望みを、金吾がかなえることはないだろう。

だが、諦めろという言葉を、だれが金吾に言ってやれるだろう。

お遥は金吾の細い体を抱きしめながら、声を出さずに涙を流した。

両国は今日も大変な人出だった。人にぶつからないように歩くためには、よほどの注意が必要だが、お遥はさっきから前から来る人にぶつかってばかりだった。

「伊織様、こっちこっち」

人混みの中で迷子になりそうな伊織に、振り返って手を振った。

「あ、ごめんなさい」

また相撲《すもう》取りのような大きな人にぶつかった。

伊織のそばには徳造とお種もいた。今日は、金吾が両国でヤマガラの芸を見せる最後の日なのだ。明日から金吾は奉公に出る。それまではヤマガラのピー助と一緒にいなさい、と御隠居が言ってくれたのだ。

お種は糊屋の婆さんに店番を頼み、かなりあ堂は唐物屋のおじさんに頼んだ。

伊織はじっくりと金吾に言って聞かせ、奉公に出ることを承知させたという。

奉公先は吉原の近くの大きな料理屋だった。まじめに働いて暖簾《のれん》分けしてもらったら、年季の明けた姉さんと住めるよ。そんなふうに説得したのだろうか。吉原の近くの奉公先を見つけてきたのも伊織に違いない。

金吾に鳥の餌の虫や、エゴノキの実をとってきてもらえないのは寂しいが、この数日の金吾の明るい表情を見れば、これでよかったのだと思う。

柳橋のたもとで、金吾は鳥のおみくじ引きをやっていた。十人ほどの客に取り囲まれて得意そうな顔をしている。

「じゃあ、次はあたし」

身なりのいい若い娘が、金吾の差し出した器にお金を入れた。

金吾が鳥籠の扉を開ける。

ヤマガラは一文銭をくわえて鳥籠から出て来た。小さなお宮の前の賽銭箱に一文銭を入れ、鈴をくちばしでつついて二度鳴らした。そして器用にお宮の扉をくちばしで開け、中から一枚のおみくじを取ってくると、小さな鳥居の上に止まった。その間の動きはよどみなく、流れるようなみごとなものだった。

観客はどよめき、拍手がおこった。

娘は照れながら、ヤマガラからおみくじを受け取る。

「大吉だわ」

娘の声に、お遥と伊織は顔を見合わせて笑った。

第三話　鶴《つる》

「太助《たすけ》さん。こいつはひどく寒いよ。たまらない」

半次郎《はんじろう》は隣を歩く太助に恨み言を言った。

太助も寒いのだろう、懐《ふところ》手をして亀のように首を引っ込めている。

どうしても一緒に来てくれ、というので仕方なしに千駄《せんだ》ヶ谷《がや》までやって来たが、見渡すかぎり田んぼがあるばかりだ。一面の枯れ野に稲を刈り取った跡が点々としているのも寒々《さむざむ》しい。客を乗せた帰りなのか、空の駕籠を担いだ駕籠かきがあぜ道をのんびりと歩いている。

「まあな、たしかに寒いや。お天道《てんと》様が照ってればそうでもなかったんだぜ」

太助は唇をとがらせて半次郎を横目で見た。

千駄ヶ谷に行こうと誘われたのは、まだ日も高い昼間だった。だが仕事を休んでまで来たくもなかった。仕事が終ったあとならいい、と言ったのだ。それでここに着いた時には日が落ちてずいぶんと寒くなってしまった。

「俺たちはここでなにをするんだ？　なんにもないじゃないか」

半次郎はつい責めるような口調で言った。

「おめえにはわからねえのか？　この、なにもかも枯れ果てた、なんにもない田んぼをこうやってしずしずと歩くとだな、風流がそこらに転がってるんだよ」

「風流だって？」

半次郎は声を上げて笑った。

「太助さんは風流がどんなものか知ってるのかい？」

「おお、知ってるとも。現に半次郎が今、可笑《おか》しそうに笑ったじゃねえか。それが風流の効力ってもんだ。おまえさんは魚屋《さかなや》だから、風流に縁はねえかもしれねえが、たまにはそうやって笑わねえと、病とか貧乏神《びんぼうがみ》とかに取り憑《つ》かれちまうぜ」

太助はそう言って、「まあ、貧乏神はもとから憑いて離れねえけどな」と付け加えた。

太助の家は貧乏だが、半次郎の家も貧乏だった。父親もやはり魚屋で、盤台《はんだい》をかついで歩く棒手振《ぼてふ》りだ。いつか店を持ちたいと願いながら真面目に働くのだが体が弱く、稼ぎは少なかった。そんな父親を手伝ううち、自然と半次郎も魚屋になった。父親が果たせなかった夢を自分が叶えてやりたいと思い一生懸命に働いていた。

太助のほうは、金がなくなるとようやく腰を上げる、といった働き方をしていた。夏は金魚を売り、冬には焼き芋を売り歩いていたが、暑いからと言っては仕事を休み、寒いからと言っては休み、なんとなく気が乗らないから、と休んでごろごろしていることがよくある。それでも仲のいい友だちだった。太助のそういう気楽でちょっといい加減なところがうらやましかった。

半次郎は、ようやく太助がなぜ自分をここに誘ったのかがわかった。このところ塞いでいたのを気にかけてくれていたのだ。それで気晴らしをさせようと、千駄ヶ谷に連れ出した。しかしなぜこの枯れ野なのだ。

「こうやって風流を味わうと気持ちがすっとして元気が出るって言うじゃねえか」

「太助さんはそれを、だれから聞いたんだい？」

「播磨屋の御隠居だよ。お、見ろよ。鶴が飛んで来たぜ。松に鶴か。いい景色だねえ」

見れば鶴が数羽飛んで来て、羽を広げ戯《たわむ》れている。色のない冬枯れの野に緑の松もきれいだった。

太助は刈り取った稲を干してある稲架《はさ》掛けのそばへ行って、「風流だなあ」などと感じ入っている。風流かどうか知らないが、たしかに気持ちは落ち着いて、すがすがしい気分になってきた。

松の木の向こうを粋《いき》な男女がぶらぶらと歩いている。夫婦者には見えず、なにか訳ありのようすだが、二人は妙に嬉しそうだ。

そういえば、と半次郎は思い出した。「枯れ野見」という遊びが近頃流行《はや》っているのを。

「御隠居も半次郎のことを心配していたぜ。お美津《みつ》ちゃんともうすぐ祝言《しゅうげん》をあげるってえのに、なんであんな暗い顔をしてるんだってね。なんでだよ。友だちじゃねえか。言ってくれよ」

太助の気持ちはありがたいが、言ってどうなるものでもない。

「ひょっとして、お美津ちゃんに嫌われたのか？」

どきりとして足を止めた。

そうなんだろうか。お美津に嫌われないまでも、父親の幸吉《こうきち》に嫌われたのか。それとも、こんなふうにお美津に会わせてもらえないのは、母親のおチカに疎《うと》まれたのか。

だがどうして。

思い当たることはなにもなかった。

でもないだろう」

「なんだ図星かよ。なにをやったんだ。真面目な半次郎のことだ、女遊びってわけ
「なんにもやってないよ。なんでかわからないけど、急に会わせてもらえなくなったんだ。家に行っても帰ってくれの一点張りで、訳も教えてもらえない」

「うーん。それはまずいことになっているかもしれねえぜ」

太助は難しい顔をして腕組みをした。

太助と半次郎、そしてお美津の三人は幼なじみだ。小さな頃からいつも一緒で、一つ年上の太助のあとを半次郎は追いかけていたものだった。やんちゃだけれども気のいい太助と、しっかり者で笑顔が可愛いお美津は、半次郎にとってかけがえのない存在だった。

あれは十二、三の頃だったか。お美津が髪を初めて結った日、太助はお美津の髪をからかい、泣かせてしまった。太助の気持ちは半次郎にもよくわかっていた。お美津が急に大人っぽくなって照れくさかったのだ。

だがその時、半次郎はかつてない激しさでお美津をかばったのだった。そんなふうに太助を非難することなどなかった。太助の腕っぷしが強いからということもあるが、半次郎は生来、優しすぎるほど優しい性格だった。

二人きりになると、お美津は言った。大きくなったら私をお嫁にしてね、と。その日の約束どおり、今年二人は所帯を持つことになったのだ。

「まずいことってなんだよ」

「半次郎、おめえはこんなところで風流をやってる場合じゃねえな」

「どういうことだ」

「お美津ちゃんは、親孝行であんな器量よしだ。ちょっといねえよ、あんないい娘は。それでどっかのお大尽の目に留まったんだよ。おめえがぼやぼやしているから、トンビに油揚げをさらわれちまったんだ」

「そんな。俺はどうすればいいんだ」

「よし、俺が一肌脱いでやろう」

太助は腕まくりをして太い腕を見せたが、「おお、寒い」とすぐに袖を下ろした。

「太助さん、一肌脱ぐってなにをするんだい」

半次郎は大いに不安だった。

「お美津ちゃんのおっかさんと親父《おやじ》さんに掛け合って、好いた者同士を一緒にしてやってくれって頼んでやるよ」

「待ってくれ、太助さん」

会わせてもらえない理由がなんなのか、まだわからないのに、それはちょっと乱暴だ。

太助は「俺に任せておけ」と胸を叩くが任せてはおけないという気がする。

「あれ、お美津ちゃんの親父さんじゃねえか」

太助が頓狂な声を上げた。なぜこんなところに、と半次郎も目を疑った。しかし日が落ちたとはいえ、じゅうぶんに判別はつく。着物の柄や背中の曲がり具合も、間違いなく幸吉だった。

幸吉は右手を高く掲げて、松の枝に止まった鶴を呼んでいるようである。持っているのは鶴の好物なのかもしれない。
二、三度羽ばたきをして、鶴は幸吉のもとに降りてきた。幸吉が餌を投げてやるとそれをついばみ始める。
幸吉は後ろからそっと近づき、網で鶴をつかまえてしまった。その上から男物の着物を被せ、しばらく格闘していたが鶴は動かなくなった。幸吉は着物ごと丸めて背中に担ぎ、用心深くあたりを見回したあと急ぎ足で去っていった。稲架掛けの陰にいたために、こちらには気がつかなかったようだ。

太助と半次郎は顔を見合わせた。二人とも青ざめている。

鶴はお上の鳥と決まっている。後難《こうなん》を恐れてだれも近づかない。危害を加えられることがないので鶴は人を怖がらないのだ。

鶴殺しは重罪だ。子供だって知っている。家の前に鶴の死骸があったために大店《おおだな》の主人が役人に連れていかれた話や、鶴をつかまえてその肉を売った男が死罪になったという話も聞いたことがある。

半次郎の膝が震えた。お美津の父親が犯した罪の大きさに理由を考えるゆとりもなく、ただ目の前が真っ暗になった。

日ごとに寒さが増して、かなりあ堂の屋根の上も寒風吹きすさぶ、とまではいかないがかなりの寒さだった。

「おまえはあったかそうだね」

お遥は手のひらに乗せた栗太郎に話しかけて、用意していた稗《ひえ》を与えた。雀は羽に空気をたっぷり含ませて、手まりのようにまん丸なふくら雀になっている。親と離れて幾日もたっていないが、もうすっかり一人前になったようだ。

金吾はどうしているだろう。

子雀と同じく一人ぼっちになってしまったが、暖かい布団で眠れているだろうか。

ご飯はちゃんと食べさせてもらっているだろうか。仕事は辛くないだろうか。

吉原近くの料理屋に奉公に出た金吾のことを、考えない日はなかった。吉原に売られた姉のおユキを身請《みうけ》して、一緒に暮らしたいという願いは叶わなくても、姉の近くで働くことができたのはよかったと思う。

ヤマガラに銭をとってこさせ、お金を貯めようとしていた金吾。そんな小銭をどれだけ貯めても、身請などできるわけがない。

子供だからわからなかったのだとお遥は思ったが、同時に自分も同じだと気がついた。

大きな花鳥茶屋を開きたい、という夢のためにはお金を貯めなければならない。どのくらい必要なのかわからないが、森で小鳥をとって売るくらいでは間に合わない、ということだけはわかる。

『私も金吾と同じだ』

世間知らずの子供だったのだ。

栗太郎は丸く膨《ふく》らんだ体の、真ん中で埋もれた顔をこちらに向けてお遥を見ていた。手の上の稗はもう食べてしまっていた。満足したようで羽繕《はづくろ》いを始めた。

お遥は大きなくしゃみをした。

「ごめんね栗太郎。寒いから家に入るね」

お遥の言っていることがわかったのか栗太郎は羽を広げ、小雪がちらつき始めた空に飛んでいった。

店に戻ってしばらくすると伊織が顔を見せた。納戸《なんど》色の角通《かくどお》しというものの着物を着流しで、ふらふらと気楽な足取りでやってくる。

相変わらず暇そうですね、といつもお遥が言われていることを言ってやろうとすると、先に伊織が口を開いた。

「いやあ、昨日は忙しかった」

「まあ、伊織様でもお役目のお忙しいことがあるんですか？」

「なにを言っておる。俺のお役目はいつも重要で本当は忙しいんだ。だが俺が軽々とこなしてしまうために、そう見えないだけなんだぞ」

「もちろんですとも。知っております。伊織様はいずれ鳥見組頭になるお方。今はその修業中なんでございましょう。遊んでいるように見えますが、あたしらにはわからないお役目をなさっておいでなんでしょう」

徳造が褒《ほ》めているのか貶《けな》しているのかわからない言い方をした。伊織は苦笑いで応えた。

「昨日は鶴御成《つるおなり》の日だったんだ」

「まあ、そうでしたか」

鶴御成というのは、この時季、公方様が手ずからなさる鷹狩りで、もっともおごそかなものとされている。なぜならこの時にとられた鶴は「御鷹様の鶴」と称して京の天子様に献上されるのだ。

「無事にお鶴様が京に上《のぼ》られてほっとしたよ」

「それはご苦労さまでございました」

お遥は心からねぎらいの言葉を言った。

その時、八田の下役と思われる役人が慌てたようすで店に駆け込んできた。

「ああ、八田様。ここにおいででしたか。御城のお鶴様が逃げてしまいました」

「逃げたのなら追えばいいだろう」

「それが下飼人《したがいにん》が二、三日前から重病だったとかで、いつお鶴様がいなくなったのかもわからないような状態で」

「いなくなったお鶴様はどれだ」

「瑞祥《ずいしょう》です」

「なんだと」

「瑞祥様？」

伊織の顔色が変わったので、お遥は思わず問い返した。

「ああ、公方様の一番のお気に入りだ」

伊織と下役は、なにやら声高に相談しながら店を飛び出して行った。

「鶴御成が無事に終わったと思ったら、大変なことが起きたようだねえ」

徳造は心配顔で言うが、物言いはのんびりしている。瑞祥が逃げたことがどれほど大変なことなのか、伊織のようすからだいたい想像はついてもよくわからないのは、お遥も同じだった。

「宗仙《そうせん》様のところへカナリアを届けに行ってくるよ」

徳造はそう言ってカナリアの入った籠を持って出ていった。

山本《やまもと》宗仙は高名な絵師で無類のカナリア好きだ。珍しいカナリアが入ったら教えてくれ、と常々言われていたのだ。白いカナリアが手に入ったので見せに行ってくるという。たぶん宗仙はあのカナリアを買ってくれるだろう。

『私が行けばよかったかしら』

宗仙は値切ったりするような人ではないが、徳造ははじめから安い値を付けてしまうかもしれない。白いカナリアは、百文はくだらないはずだ。徳造と値段の相談をしてしまったことを後悔した。

しかし、ついさっき考えたことを思い出した。ほんの少し高く売ったところで、どれほどの足しになるだろう。もっと別の方法を考えなければならない。だが、今のところは皆目見当がつかないのだった。

鳥籠の掃除をしていると、足を痛めたらしいカナリアを見つけた。ほかの鳥から離して別の鳥籠に入れる。寒くないように藁を敷き詰め覆《おお》いを掛けた。水を替え、餌を補充しながら客の相手をしているうちに、午後はあっという間に過ぎていった。気がつくと店を閉める支度をする頃合いだった。

『兄さんは、どこで道草をくってるんだろう』

徳造の帰りが遅いことに、少し心配になってきた。はじめは、宗仙のところでカナリア談義に花が咲いているのだろう、と思っていたのだ。

あらかたの店仕舞いをして、夕餉のために煮売屋で煮染《にしめ》を買い、あとは徳造が帰ってくるのを待つばかりだった。

戌《いぬ》の刻（午後八時）の鐘が鳴ると、お遥はいても立ってもいられなくなった。こんなことは初めてだ。

お種のところへ行って事情を話した。

「そりゃあ心配だ。徳さんがこんな時刻にお遥ちゃんを一人にしておくなんて」

「お昼頃、裏猿楽丁《うらさるがくちょう》の山本宗仙様のところに行ったの。カナリアを見せに行っただけだから、すぐに帰ってくると思ったのに」

なにかあったのではないか、お種がそんな言葉をのみ込んだように見えた。

「私、宗仙様のところに行ってこようと思うの。きっと宗仙様の話し相手になっているんだわ。兄さんは優しいから、帰るって言えないのよ」

宗仙のところにいたとしても、こんなに遅くまで徳造が使いもよこさないのはおかしなことなのだ。だが、無理にでもそう信じたかった。

「もし兄さんが帰ってきたら宗仙様のところに行ったって言ってください。いなかったらすぐに帰って来ますから、心配しないでって」

「あたしも一緒に行くよ。一人で出かけて、万が一なにかあっちゃいけないからね」

かなりあ堂の店には徳造にあてた書置きをのこした。徳造が入れ違いに帰ってきて、この書置きを見ればいい。そう祈りながら書いた。

胸騒ぎを覚えながら、お遥はお種と一緒に表通りを急いだのだった。

半次郎は太助と別れたあとお美津の家に行った。お美津の父、幸吉が鶴をとったことがいまだに信じられないが、確かめなければならない。

家は元赤坂《もとあかさか》にある。小さいながらも一軒家だった。

半次郎は入り口の戸を叩いた。

「おばさん、お美津ちゃん、開けてくれ。親父さんはいるのかい？　ここを開けてくれよ」

夜でもあるし、声をひそめ、戸の叩き方も遠慮がちだが、やはり近所の耳は気になる。

お美津の母親、おチカも気にしたのだろう、いつもはなんの返事もしてもらえないのだが、今日は戸の向こうで声がした。

「半次郎さん、帰っておくれ。お美津を会わせるわけにはいかないんだよ」

おチカはささやくように、しかし厳しい口調で言った。

「なんで会わせてもらえないんだよ。訳を教えてくれよ」

「教えられないよ。もう、ここに来ちゃいけないよ。お美津のことは諦めてちょうだい」

「訳も聞かないのに、諦めるなんてできない。親父さんは？　親父さんと話をさせてくれよ」

「うちの人はいない」

おチカが絞り出すように言う。

「親父さんは……御縄《おなわ》になったのかい？」

半次郎はひときわ声をひそめて言った。

返事はなかった。

戸口をそっと離れて、半次郎は夜道を歩き出した。お美津の家になにが起きているのか、さっぱりわからないが、助けが必要なことだけはわかる。しかしどうすればいいのか、半次郎にはまったくわからなかった。


お遥は布団の中で目を見開いたまま微動だにしなかった。

「嘘だ。そんなの嘘だ。どうしてなの？」

真っ暗な部屋の中で同じ言葉を、何度も繰り返している。

お種と一緒に、裏猿楽丁の宗仙のもとを訪ねた。宗仙は徳造がまだ戻っていないと聞いて驚いていた。徳造が持って来た白いカナリアを買ったあと、しばらくお茶を飲み世間話をして、夕方に帰っていったというのだ。カナリアが売れたので、お刺身を買って帰ると言っていたそうだ。

徳造が刺身を買うなら平川町の魚辰《うおたつ》だ。閉めてしまった店の戸を、どんどんと叩いて開けてもらい、徳造は来なかったかと訊いた。

『来てないよ。こんな遅くまで徳さんが帰らねえのかい？』

魚辰の亭主は、『夜遊びをするような人じゃねえしな』と首をかしげる。寝支度をしていたおかみさんにも訊いてくれたが、やはり店には来なかったという。

お種と二人、肩を落としてかなりあ堂の前まで来ると、大家の平左衛門《へいざえもん》がいた。

『お遥ちゃん、どこに行ってたんだよ。たいへんなことになったよ』

ただならぬ平左衛門のようすに、お遥は息が止まりそうだった。

『たいへんなこと？　兄さんが？』

『ああ、しっかり気を落ち着けて聞くんだよ。いいかい。徳さんはお役人に召し捕られたんだ』

『そんな……どうして。兄さんがなにをしたっていうんですか？』

『それがまだ、わからないんだよ』

平左衛門が言うには、徳造は九段坂下《くだんざかした》で役人に連れて行かれたのだそうだ。大工の八五郎《はちごろう》が教えてくれたのだと言う。

なぜ役人に捕縛されたのか、明日、平左衛門と一緒に御奉行所《おぶぎょうしょ》に行き理由を訊いてこよう、ということになった。

『大丈夫。なにかの間違いだよ。明日になればなにもかもわかるさ』

と平左衛門は慰めてくれた。

お遥もその通りだと思う。それに、まだなにもわからないのだから、心配してもしょうがないのだ。何度も自分に言い聞かせた。だが、胸の中で渦巻く不安はいっこうに収まらなかった。

外が明るくなりかけた頃、怒りがふつふつと湧いてきた。

徳造がこの一晩をどんな思いで過ごしたかと考えると、胸が痛くなる。あの優しい徳造を、たとえ間違いであったにせよ罪人のごとく扱った町役人を決して許さない。

お遥は布団から出て身支度をし、米をとぎ始めた。

店を開けるにはまだ早い。御奉行所から戻ったら開けるつもりだ。

ご飯が炊けるあいだ、竈《かまど》の前で両手を握りしめ、自分に言い聞かせていた。

『私がしっかりしなきゃいけない。兄さんを助けなきゃ。私が助けに行くんだ』

ただそれだけを、心の中で繰り返していた。

炊きあがったご飯を一人、薄暗い家の中で食べながら、やはり同じことを一心に思い続けていた。

店の戸が開いた。伊織だった。

「おう、お遥、起きてたか。徳造が大変なことになったな」

不安と悲しみで、伊織が来てくれたのに返事もできなかった。それでお遥は、やたらとご飯を口に詰め込んでいた。

「なんだ、のんきに飯なんか食っているのか」

伊織が近づいてきてお遥の顔をのぞきこんだ。

「おい、飯が真っ黒焦げじゃないか」

はっと我に返って、茶碗の中を見るとたしかにご飯は焦げていた。だが、真っ黒焦げというのは言い過ぎだ。

そう言おうとして、伊織の顔を見ると不意に涙があふれてきた。

茶碗と箸を置いて伊織に抱きついた。

「おいおい、泣くか食うかどっちかにしろ」

伊織はお遥の背中をなでて、「大丈夫だ、心配するな」と優しい声で言う。その言葉にお遥はこらえきれず、とうとう声を上げて泣き出した。

一度泣きはじめると、涙はなかなか止まらなかった。

お遥が泣き止むまでの間、伊織はずっと黙って見守っていた。

「やっと泣きやんだか」と呆れたように伊織は言った。

思い切り泣くと気持ちが落ち着いて、ようやく自分を取り戻したような気がした。

「徳造がなぜ捕らえられたのか、心当たりはあるかい？」

お遥は首を大きく横に振った。

「ぜんぜんわからない。兄さんは悪いことをするような人じゃないもの」

「そうだよな」

伊織は思案顔で腕を組んだ。

「なにかの間違いですよね。人違いとか勘違いで連れて行かれたんですよね」

何も言わない伊織に、お遥は絶望的な心持ちになった。お上のやることに、そうそう間違いがあるはずもないという気がする。

「これから大家さんと御奉行所へ行って、兄さんが捕まった訳を訊いてこようと思っているんですけど」

「そうか」

伊織の眉間《みけん》のしわが、「教えてはもらえないだろう」と言っているようだった。

「俺のほうも知り合いに訊いてみよう」

お遥を励ますように笑って、伊織は出て行った。

その日、半次郎は仕事を休んだ。

幸吉が役人に連れていかれたという。

やはりそうか、と思うと同時におチカとお美津のことが心配だった。

幸吉は死罪になるかもしれない。こんな時こそそばにいて力になってやりたい。だが、どうすればいいかわからなかった。

指物師《さしものし》の幸吉はお美津に婿《むこ》をとって、跡を継がせるつもりだったらしい。だが、可愛い一人娘の惚れた男は、しがない棒手振りの半次郎だった。半次郎は当然、幸吉の許しは出ないものと諦めていた。ところが幸吉は許してくれたのだ。そういう幸吉をなんとかして助けてやりたいが、半次郎は無力だった。無力な自分に打ちのめされそうだった。

行ってもむだだとわかっていながら、半次郎はお美津の家に向かった。

「おばさん、お美津ちゃん、たのむからここを開けてくれ。親父さんのことを聞いたよ。力になりたいんだ」

戸を叩いたが返事はなかった。

「親父さんは、なんで鶴をとったんだい？」

半次郎は声をひそめて言った。

「俺は見ちまったんだ。親父さんが鶴をとるところを。だれにも言っちゃいない。だけど他にも誰かが見ていたんだな。それで捕まってしまったんだろう？」

戸の向こう側に人の気配がする。おチカかお美津が息を殺して、半次郎の話を聞いているようだ。

「親父さんがどんな間違いをしたとしても、お美津ちゃんへの気持ちは変わらない。おばさんとお美津ちゃんが所払いになるなら、俺も一緒に行くよ」

幸吉は、まず死罪を免れないだろう。家族は下手をすると追放されるかもしれない。されないまでも、重罪人の家族であり働き手を失った二人は路頭に迷ってしまう。

「いくら半次郎さんがそう言ってくれても駄目なんだ。お美津のことは忘れておくれ」

おチカの声が聞こえた。

「だから、親父さんのことは、俺は……」

「違うんだよ。うちの人のことがなくたって、お美津は嫁には行けないんだ」

「なんでだよ」

半次郎は思わず声を荒らげた。

「お美津が可哀想だと思うなら、あたしたちのことは忘れておくれ」

わっとお美津が泣き出す声が聞こえた。切ない声に、半次郎の胸はつぶれそうだった。

なんと言っても戸を開けてくれないおチカに、半次郎はその場を去ることしかできなかった。

とぼとぼと通りを歩き始め、牛鳴坂《うしなきざか》を見上げる。

やはり諦めきれなかった。お美津の悲痛な泣き声が耳について離れないのだ。

半次郎は引き返し、お美津の家の裏に回った。裏口からお美津を呼ぶつもりだ。

ところが不意に裏木戸が開いて、藤色の御高祖頭巾《おこそずきん》を被った女が出てきた。

お美津だった。

「お美津ちゃん」

半次郎が思わず声を上げると、お美津は「しっ」と顔の前で人差し指を立てた。

家の裏はどこかのお店《たな》の蔵だ。その脇を通り溜《た》め池《いけ》の方へ向かって二人は歩いた。

溜め池は鴨の群れが泳いでいるだけで、あたりに人の姿はなく冬枯れの景色が広がっていた。

「おっかさんを許してね」

お美津は唐突に言った。

「そんなことはいいんだよ。それより……」

なぜ今まで会わせてもらえなかったのか。なぜ幸吉は鶴をとったのか。訊きたいことが胸に押し寄せてきて、半次郎は言葉に詰まった。

それを察したようにお美津は言った。

「みんな私のせいなんです」


大家の平左衛門に付き添われて奉行所に行ったが、門前で追い払われてしまった。なぜ徳造が捕縛されたのか、それだけでも教えてもらおうと、平左衛門が食い下がったが無駄だった。

「お取り調べをしてくれれば、すぐにわかることだ。そんなにがっかりすることはないよ。な、元気を出して徳さんが帰ってくるのを待つんだ」

肩を落としているお遥に、平左衛門は言ったが声が沈んでいた。

「すまないね、あたしが行ってもなんの役にも立たなかった。情けない」

平左衛門は、すっかりしょげかえっている。

「そんな、大家さんのせいじゃありませんよ。それに伊織様が知り合いに訊いてくれるって言ってましたから、きっとなにかわかると思います」

と逆にお遥が励まさなければならなかった。

南町奉行所《みなみまち》を出て、お遥と平左衛門は平川町のかなりあ堂に向かっていた。冷たい風に吹かれて、二人の足はいよいよ重くなっていった。

「八五郎さんは、どうやって知ったのかしら」

お遥はふとそんなことを言った。

「え？　ああ、そうだね」

「大家さん、訊かなかったんですか？」

「訊かなかったよ。もう、びっくりしちまってさ」

「私、八五郎さんに訊いてきます」

お遥はいきなり走り出した。

「おいおい、どこに行くんだ」

「どこって、八五郎さんの長屋」

「そんなとこにゃいないよ。仕事に行ってるんだから」

八五郎は堀川町《ほりかわちょう》の仕事場へ行っているという。堀川町なら、永代橋《えいたいばし》を渡ってすぐのところだ。

お遥は踵《きびす》を返し、反対側に走り出した。永代橋に向かってどんどんと走る。

こうやって体を動かしていれば、辛いことが飛んで行って、きっといいことが舞い込んでくる。走り回っていれば、どこかで福の神を拾えそうな気がするのだ。

永代橋にさしかかると荷物をかついだ人足とすれ違った。橋の上を行く天秤棒《てんびんぼう》をかついだ棒手振りも、馬に乗った御武家様もみんなしかつめらしい顔で忙しげに歩いている。

永代橋を渡ったあと佐賀町《さがちよう》を通って下の橋を渡り、右に折れたところが堀川町だ。八五郎の仕事場はすぐにわかった。味噌屋の二階を建て増ししているところだった。

「八五郎さん」

お遥は白木の骨組みだけの二階で、金槌《かなづち》をふるっている八五郎に声をかけた。

「おう、お遥ちゃん」

八五郎は梯子を使ってすぐに下りてきた。三十五、六でよく日に焼けている。独り者だがいつも身ぎれいにしている人だ。

「大変なことになったな」

八五郎は心底案じてくれているらしい。

「兄さんのこと、大家さんに教えてくれてありがとう。八五郎さんはだれから聞いたの？」

「聞いたんじゃねえよ。俺はちょうどそこにいてな、見ていたんだ」

八五郎が言うには、九段坂の下を通りかかった時、徳造がやって来た。挨拶《あいさつ》をしようとしたら、役人が三人、どこからバラバラと走ってきて徳造を取り囲んだ。『かなりあ堂の徳造だな』という大音声《だいおんじょう》が響くと、あっという間に後ろ手に縛り上げ、召し捕っていった。その間、徳造は一言も発することなく連れて行かれたという。

「顔なんか真っ青になっちまって、ふらふらしてさ」

お遥はまた涙がこみ上げてきた。

「そりゃあ心配だろうよ、なあ」

「お役人は何の咎《とが》で連れて行く、ともなんとも言わなかったんですか？」

「言ってなかったぜ、というか俺のとこまでは聞こえなかった。ただ、俺もびっくりしちまって、もう、膝が震えたよ」

八五郎からはほかになにも聞くことはできなかった。ただ徳造が連れて行かれたようすを聞いて、また胸が苦しくなった。

あとは伊織が知り合いに尋ねてくれるのを待つだけなのだろうか。

永代橋のほうへ戻りながら、このまま徳造が帰って来られないのではないか、という不安に駆られた。

「まさか、そんなわけない」

徳造の罪状さえはっきりすれば、それは間違いに決まっているのだから伊織に頼んで放免してもらえばいいのだ。お遥は無理に自分の心を奮い立たせて、「私がしっかりしなくちゃ」と声に出して言った。

永代橋の中程で、若い男女が欄干《らんかん》にもたれて川を見ていた。最初は帆《ほ》を掛けた船や荷物を積んだ小舟が行き交うのを見ているのかと思ったが、二人は川面《かわも》を見つめて話し込んでいるようだった。

二人のようすがなぜか気にかかった。近くまで来た時に何気なく顔をのぞき込むと、男のほうは半次郎だった。近頃は来ないが、以前はよく魚を売りに来たものだ。徳造が何度か買っていたのを知っている。

半次郎だとわかって女のほうをよく見れば、御高祖頭巾は被っているがお美津に違いないようだった。

二人はひどく深刻そうだ。お美津は泣いているようで、頭巾から出ている目をしきりに袖《そで》で拭っていた。

「あの、どうかしたんですか？」

お遥は放っておけず思わず訊いた。

半次郎とお美津は振り返り、声を掛けたのがお遥だとわかると、尋常ではなく驚いている。その驚きぶりにお遥が驚いたくらいだ。

「あのう」

声もなく青ざめる半次郎。そして隣のお美津は目を見開いて、恐怖の色さえ浮かべている。

「堪忍《かんにん》して」

お美津がかすれ声でようやく言うと、お遥が来たほうへ走っていった。半次郎はお遥に「すまねえ」とだけ言ってお美津のあとを追う。

お美津と半次郎は大川《おおかわ》の川沿いを、新大橋《しんおおはし》の方へ走っていったが、その姿もすぐに見えなくなってしまった。

しばらく呆気にとられていた。なにが起きたのか、さっぱりわからず首をかしげながら帰り道を歩いた。

かなりあ堂には店番を頼んでいたお種がいた。そしてなぜか太助も一緒にいて、二人でサツマイモを食べている。

「どうだった？　なんかわかったかい？」

お種はお遥の顔を見るなり言った。

お遥は首を横に振った。御奉行所で門前払いにあったことと、八五郎のところへも訊きに行ったがなにもわからなかったことを話した。

「そうかい。ま、これをお食べ」

お種は笊《ざる》に一杯のふかしたサツマイモを差し出した。

「半次郎さんを見なかったかい？　太助さんが探してるんだよ」

太助は、半次郎を探して歩き回っているうち、かなりあ堂の前を通りかかり、とりあえずサツマイモを食べろとお種が言うので食べていた、とサツマイモを急いでのみ込んで言った。

「半次郎が仕事を休んでいるんだ」

「半次郎さんが仕事を休むなんて、たしかに心配だよね」

「それに変なことを言ってた。いろいろ世話になったなって。あいつは生真面目《きまじめ》なやつで、よくそういうことを言うんだよ。それで俺はいつものように、おまえにゃ世話が焼けるよって言ってやったら、あいつもいつものように笑って、じゃあなって」

「全部いつものようにじゃないか。どこが変なんだよ」

お種が茶化すが、太助は笑わなかった。

「実はよう、半次郎と俺は見ちまったんだよ。お美津ちゃんの親父さんが鶴をとるところを」

お遥とお種は顔を見合わせた。

幸吉とはお遥と徳造も顔見知りだ。カナリアが好きで声のいいのを一羽飼っている。ほんの数日前に、徳造がカナリアの餌を幸吉のところへ届けたばかりだ。

「親父さんは役人に捕まったっていうし、半次郎は仕事を休んでるし、俺は心配でなんねえんだよ」

お美津の父親が御縄になって、それで二人はようすがおかしかったのだ。

「私、さっき半次郎さんに会いましたよ」

「そうかい」

太助の顔がぱっと明るくなって、「よかった。なんか嫌な予感がしたもんだからよ」と言った。

「でも、ようすが変でした。なんだか思い詰めているみたいで、お美津さんと一緒に橋の上で……」

「ええっ」

太助は叫んだ拍子にサツマイモを喉に詰まらせて、目を白黒させた。

お種が持って来てくれた白湯《さゆ》を飲んで、肩で息をする。

「お美津ちゃんと一緒だったのかい？」

お遥がうなずくと、「そりゃあ、まずいな」といつになく真剣な面持ちだった。

「なにがまずいんですか？」

「二人が一緒にいたってことさ」

「だけど半次郎さんとお美津さんは近々祝言をあげるんだろう？　なにがまずいんだよ」

「訳はわからねえんだが、半次郎はずっと前からお美津ちゃんに会わせてもらえなかったんだ」

「へええ、夫婦になることが決まっているのに会わせてもらえない、ってどういう訳なんだよ」

「そうだよな。半次郎も訳がわからねえって言ってたよ。だがよ、その二人が今日は一緒にいる。しかもようすが変だったときたら……」

「きたら、なんだよ」

お種はイライラして急《せ》かした。

「親父さんが捕まったことを悲観して、二人は……。真面目な半次郎のことだから、とんでもねえことを考えているんじゃねえかなって心配だよ。俺は」

「とんでもないことって、まさか」

お遥もさっきからそれが気がかりだった。二人が思い詰めたようすで川をのぞき込んでいたのだから。

「俺もまさかとは思う。だけどな……」

そこへ伊織が飛び込んできた。

「お遥、徳造が捕まった訳がわかったぞ。鶴をとった廉《かど》だそうだ」

「鶴を？」

三人が同時に叫んだ。

「幸吉さんだけじゃなくて、どうして徳さんも？」

お種が叫ぶと、お遥も冷静ではいられなくなった。

「おかしいわ。兄さんに鶴なんてとれるはずがないもの」

「町役人の話じゃ、徳造が幸吉に指図して鶴をとらせたということだ」

「兄さんがなぜ鶴をとるんですか？」

「それを今、吟味《ぎんみ》しているところだ」

伊織は以前に鶴をとった百姓《ひやくしよう》の話をした。

「似たようなことがあった。どこかの御家中が国許《くにもと》で公儀に献上する鶴がとれず、困ったあげくに江戸の百姓に金を渡してとってこさせたという」

「徳さんも、そういう御武家様に頼まれたってことですか?」

「うん、まだわからぬが、そういう可能性もあるということだ」

「それで、そのお百姓はどうなったんですか?」

「やっぱり死罪なんですか?」

お種はそう言ってつばを飲み込んだ。

「たしかそうだったと思う」

鶴の捕獲を頼んだ者が、結局どこの家中の者かわからず百姓だけが罰せられたという。

鶴は将軍家が京の天子様に献上するだけではなく、各地の大名が将軍家に献上することもあるという。それほど鶴という鳥は特別な鳥なのだ。

「だけどさ、幸吉さんだって鶴はとれないだろ。指物師だもの」とお種。

「いや、たしかに親父さんは鶴をつかまえてたよ。俺はこの目で見たんだ」

「見間違いじゃないのかい。どこで見たんだよ」

お種は太助を責めるように言った。

「千駄ヶ谷の田んぼの中だよ」

「ああ、あのあたりは鶴が来るって聞いたことがあるねえ。あんたたちは、あんなとこでなにをしてたのさ」

「俺たちは、その……。そんなことはどうだっていいんだよ。とにかく、幸吉さんが鶴をとったのは間違いないんだ。こうやって……」

太助は右手を高く上げた。

「餌かなんかをだよ、松の木に止まっている鶴に見せて、おびき寄せてだな。網みたいなもんで、こうやって」

太助は見た時のようすを身振りを交えて説明した。

「え？　待って、太助さん」

お遥は驚いて太助の手を掴んだ。

「鶴は松の木に止まっていたの？」

「ああ、そうだよ」

お遥の頬にぽっと赤みがさした。

「よかった。それじゃあ兄さんは帰ってくるわ。幸吉さんも」

「どういうことだよ、お遥ちゃん」

「鶴は松の木には止まらないのよ。幸吉さんがとったのは鶴じゃないわ」

太助は意味がわからない、というように目を瞬《しばたた》いた。

「馬鹿だねえ、なにを見てたんだよ」

お種は太助の背中を小突《こづ》いた。

「いや、だってあれはたしかに鶴だったぞ。その証拠に親父さんと徳さんは召し捕られたじゃないか」

「松の木に止まっていたとしたらそれはコウノトリなんです。羽を畳んだ姿が似ているので、よく間違えられるの」

鶴もコウノトリもくちばしと首と脚が長く、すらりとした姿がよく似ている上に、羽を畳んだときに先の方が黒く見えるのもそっくりだった。鶴の足は親指に相当する指が短く物をつかめない。つまり松の枝を握れないのだ。

「そうか。梅に鶯《うぐいす》、松に鶴というが、鶴は松に止まらないのか」

伊織もしきりに感心している。

「もう、町役人もなにを間抜けなことをやってんだよ。でも、とったのはコウノトリだけど、本当は鶴をとろうとしていたってこと？　徳さんがどこかの御武家様に頼まれていたなんて信じられないよ」

お種の言うとおりだった。もしそんなことがあれば気がつくはずだ。徳造はずっと前からなにも変わらず、いつも通りに暮らしていた。

「なんにしてもひとまずよかった。徳造も幸吉もお咎めなしになるだろう。俺は奉行所に行って、もう一度、とった鳥の死骸を改めてもらうよう頼んでみよう」

みんなの顔に安堵《あんど》の色が浮かぶ。お遥も伊織が請け合ってくれたことでほっとした。これで徳造は帰って来られる。とにかく徳造は無罪放免となって、これまで通りの暮らしができるのだ。

「あ」

お遥が突然大声を上げた。

「なんだよ。どうしたんだよ。お遥ちゃん」

「半次郎さんとお美津さんにはやく知らせてあげなきゃ」

「ああ、そうだよ」

「ぼやぼやしてられねえ」

お種と太助も声を上げた。

驚いている伊織にお遥が手短《てみじか》に教えた。幸吉が鶴をとったと思っている二人は、心中してしまうかもしれない。

「なんだ、どうした」

「よし、手分けして探そう」

伊織の采配でだれがどこを探すか決まると、みんな一斉に外に走り出した。

お遥は二人を見かけた永代橋から新大橋へ向かった。あのあと上流のほうへ行ったのを見ているので、お遥も永代橋から新大橋のほうへ行ってみるつもりだ。

二人が緋色のしごき帯で互いを結びあい、大川をゆっくり流れていく。そんな光景が目に浮かんで、お遥は強く頭を振った。

念のため橋の下をのぞき込む時には胸がどきどきした。

半次郎とお美津の姿を探しながら、新大橋まで来ると欄干から身を乗り出して川をのぞき込んでいる女がいた。

ドキリとしたがお美津ではなかった。見覚えのある柳鼠《やなぎねず》の格子の着物はおチカだ。

おチカが顔を上げた拍子にお遥と目が合った。

「お遥ちゃん、お美津を見なかったかい?」

少し前に永代橋で見かけたことを言おうかと迷ったが、言わないほうがいいだろうと思った。どうやらおチカもお美津の身を案じているらしい。

「半次郎さんがうちに来たあと、いなくなったんだよ。きっと半次郎さんがお美津を連れ出して……だから、会わせたくなかったんだ」

感情を抑えきれない、というような言い方だった。

「お美津さんと半次郎さんは祝言をあげることになっていたのに、どうして会えなかったんですか？」

おチカは我に返ったようにお遥を見た。目には狼狽《ろうばい》の色が浮かんでいる。

「おじさんが鶴をとったことと関係があるんですか？」

おチカは顔を覆って、わっと泣き出し、「お遥ちゃん、許してちょうだい」と悲痛な声を上げた。そしてそのままお遥の足下に泣き崩れたのだった。

「おばさん、しっかりして。私、お美津さんが心配で、それで急いで探さなきゃって」

お遥の言葉が聞こえていないのか、おチカは顔を上げ、「徳さんが捕まったのはうちの人のせいなんだよ」と早口で言った。

「え？」

幸吉は、もちろん鶴殺しが重罪だということは知っていた。それでも、どうしても鶴の肉を手に入れなければならない訳があった。そして首尾よく鶴をとることができたが、密告した者がいて、すぐに捕り手が家にやって来た。

「その時に、うちの人はなんとか自分の罪を軽くしようと、徳さんの名前を出したんだよ。前の日にちょうどカナリアの餌を届けてくれて、それで思いついたんだろうけど、徳さんに頼まれて鶴をとったって言ってしまったんだ。堪忍してちょうだい」

さめざめと泣くおチカの肩に手を置いた。

「おばさん、大丈夫。心配ないわ。おじさんも兄さんも、お咎めは受けないのよ」

「え？　どうして」

「おじさんがとったのは、鶴じゃなくてコウノトリだったの。だから罪にはならないわ」

虚《きょ》をつかれたようにおチカは顔を上げた。

「鶴じゃなかった？」

「ええ、そうよ。安心して。おじさんはすぐに帰って来られるわ」

しかしおチカの顔はいよいよ青ざめていく。

「お美津に知らせなきゃ。あの子は思い詰めているかもしれない」

「そうよね、もう心配ないって早く教えてあげなきゃ」

「うちの人が無事に帰ってきたとしても、お美津は死ぬかもしれない。半次郎さんが止めてくれればいいけれど、あの人は優しいから一緒に死のうって言うかもしれない」

「どうして」

お遥の声が悲鳴のように響いた。

おチカは観念したように、その訳を話し始めた。


重い足を引きずって、お遥とおチカはかなりあ堂へ戻る道を歩いていた。

結局、半次郎とお美津は見つからなかった。

「ひょっとしたら、もう誰かが見つけてお店に戻っているかもしれない」

見る影もなく憔悴《しょうすい》しているおチカに、お遥は強いて明るい声で言った。言ってはみたものの、お遥も不安で胸がつぶれそうだった。

もしものことがあったらどうしよう。

悪いことを思うと涙が出そうになる。

ところが、かなりあ堂に着いてみると、半次郎とお美津はそこにいた。二人ともうなだれて店の上がり口に腰を掛けている。

お種と太助、伊織も一緒だった。

「伊織様が見つけてくださったんだよ」

とお種が言う。

伊織は二人を見つけられないまま、かなりあ堂に戻る途中に、南町奉行所を通りかかった。すると、半次郎とお美津が門の前を行ったり来たりしていたという。

「話を聞いて驚いたよ。徳造の無実を奉行所に訴えるつもりだって言うのだからな」

お遥に会った時は、ただただ驚いてしまって逃げ出した。死ぬ相談をしていたのと、徳造とお遥に申し訳ないのとで、どうしていいかわからなくなってしまったのだという。

闇雲《やみくも》に歩き回りながら、二人はいろいろと話をした。今生《こんじょう》では一緒になれなかったが、来世では必ず添い遂げて幸せになろうと約束した。

「そうしたら、お美津ちゃんが来世ではきっときれいな顔で生まれてきます、って言うんです」

半次郎は涙をこらえながら続けた。

「その時、はっとしたんです。俺はなんて馬鹿だったんだろうって。俺はお美津ちゃんが器量よしだから嫁に欲しいと思った訳じゃないんだ。お美津ちゃんの心根がきれいで、そこが好きだからなんだって。どうしてそれを、もっと早く言ってやらなかったんだろう。俺は本当に大馬鹿者です」

二人はそれから、今生で夫婦になって幸せになろうと話し合った。どんなことも二人で乗り越えていこうと。

「それですぐに御奉行所に向かったんです。徳造さんを助けなきゃと思って」

「そこで伊織様に会ったんですね」

「伊織様から聞きました。徳造さんはたぶん放免されるだろうって」

「幸吉さんだって、お咎めは受けないだろうよ。ねえ、伊織様」

お種の問いに伊織はうなずいた。

「しかしなんだって幸吉は鶴をとろうとしたんだ」

お美津は御高祖頭巾をそっとはずした。

赤黒いできものが、いくつも顔にできていた。もともと色白で器量がよかっただけに、それは痛々しい姿だった。

「三月《みつき》くらい前に背中にできものができたんです。すぐに治るだろうと思っていたら、つぎつぎに体中に広がって、お医者に診てもらっても首をかしげるばかりで。おとっつぁんが方々で聞いてきた薬草を煎《せん》じて飲んだり、塗り薬を試したりしたんだけどどれも効かなくて困り果ててたところに、旅のお坊様がどこかで聞いてやってきたんです」

そして鶴の肉を食べれば治ると言って去って行った。幸吉は自分の命に代えても、と思い鶴をとったのだが、いざ捕り手に囲まれると減刑の望みをかけて徳造の名前を出したのだった。

「おとっつぁんが命がけで私を治そうとしてくれたのに、鶴じゃなかったんですね」

お美津は悲しそうに笑って、「でもよかった」とつぶやいた。

半次郎はお美津の顔を愛《いと》おしそうに見つめた。

冬枯れの景色を、こうやってしみじみと見たことがなかったので、お遥には新鮮だった。枯れた草木の中に、はっとするほど鮮やかな緑の松があり、白い鶴が足下の餌をついばんでいる。静かな冬の日の午後だった。

「枯れ野見の感想はどうだ？　つまらなくないか？」

伊織はお遥が退屈していると思ったらしい。

「ううん、秋の田んぼもいいけれど、冬の枯れた色もとてもいいわ。寒いからかしら。空の色もとてもきれいに見える」

太助と半次郎が風流を味わうために行ったという「枯れ野見」に、お遥は連れてきてもらったのだ。

「そうか」

伊織とお遥は、さっきから無言で冬のあぜ道を歩いていた。なにも言わず、なにもしないのが枯れ野見にはふさわしい気がした。

徳造は少し痩せて帰ってきたが、特にひどい目にあったわけではないらしい。それは伊織が手を打ってくれたからだろうと思う。幸吉のほうは、結果的に間違えたとはいえ鶴をとろうとしたことと、罪のない徳造を陥れようとしたことで過料が科された。

幸吉は一家三人で謝りに来たが、そばでぷりぷり怒っているお種を徳造は逆になだめていた。そしてお詫びとして持って来たお金を、一度受け取って、お美津の婚礼の祝いとして改めて渡したのだった。

お美津は伊織の知り合いの医者に診てもらい、薬を飲んでからは少しずつよくなっているという。

鶴が大きな羽音をたてて飛び立った。

公方様のお気に入りの鶴、瑞祥も無事に戻ってきたと伊織が教えてくれた。

冬の陽が、お遥の背中をほのかに温めていた。

第四話　鶉《うずら》

師走《しわす》ともなると町を行く人が、だれもかれも足早になるのは不思議だ。

かなりあ堂の店の上がり口に腰掛けていたお遥は、掛け取りが忙しげに走って行くのを目で追って、いよいよ暮れも押し迫ったのを感じた。

足下では雀の栗太郎が稗《ひえ》をついばんでいる。今日は雀の友だちを二羽連れてきたので、奮発して少し多めに撒《ま》いてやった。栗太郎は初めての冬なので、ちゃんと生きられるかと心配していたが、とても元気そうだし仲間もできたので安心している。

「お遥ちゃん、こんにちは」

顔を上げると平岡家のお女中、お佐都が立っていた。栗太郎と仲間たちは、さっと飛び立っていった。

お佐都は、世話をしている白オウムの梅吉をお遥がつかまえてあげた縁で、たびたびかなりあ堂に遊びに来るようになっていた。オウムの餌を買うというのは口実で、息抜きに来るのだ。なにせお佐都が勤めている御屋敷は、ここからは遠い上に、出入りの商人に言えばいくらでも買うことができるのだから。

「今日は鳥を買いに参りました」

「毎度ありがとうございます。どんな鳥がいいですか？」

お佐都はすっかり鳥好きになって、今ではカナリアを飼っている。

「お方様の鳥なんです。鳥屋を呼ぶとおっしゃるので、わたくしが見極めて買って参りますって言って出てきました」

「そうでしたか。でもうちにお方様のお好みの鳥なんているかしら」

「鶉《うずら》なんですけど、今、人気だからいると思いまして」

「ああ」とお遥はうなずいた。たしかに鶉は人気のようだ。現に数日前に頼まれて五羽ほど仕入れたところだった。頼んでいった客はまだ買いに来ていない。

「ちょうどよかった。好きな鶉を選んでください」

お遥は土間に置いた大きな鳥籠のほうへ案内した。

籠の隅で五羽が固まっていて、茶色い泥団子のように見える。お佐都は、「まあ」と一こと言って眉をひそめた。

「なぜお方様が鶉を欲しがるのかわからないわ。正直言ってずんぐりしているし、羽の色もお世辞にもきれいだとは言えないし」

その時、一羽の鶉が声高く鳴いた。ものすごい音量だ。鶉の鳴き声は大きいのだ。

お佐都は驚いて「きゃっ」と悲鳴を上げた。

「なんなのでしょう。この鳥は」

胸を押さえて息を弾ませている。

「『吉《き》幾《き》利《り》快《かい》』って聞こえますね」

「そう？」

お佐都はまだ胸を押さえ、顔をしかめている。

「あと、『知《ち》地《ち》快《かい》』とか『帳《ちょう》吉《き》古《こ》』とか鳴く鶉もいるんですよ。で、『嘩《か》嘩《か》快《かい》』って鳴くのが、いいとされているんです」

別の鶉が鳴いた。

今度は「嘩嘩快」と聞こえる。声は一際大きく潤いもあって、あとのほうを長くのばす声もなかなか元気がいい。

「この鳥はいいですよ。おすすめです。声がよくて大きいのは元気な証拠ですから」

お遥がすすめても気に染まないようだった。

「でも、うるさいっておっしゃって、わたくしが叱られないかしら」

「鶉が欲しいって言うんですから、大きな声で鳴くのはご存じなのではないですか？」

お佐都は「さあ」と首をひねっている。

「先日、菩提寺《ぼだいじ》にお参りをしたのです。その折りに御駕籠から見えたとかで、急に鶉が欲しくなったようです」

「そうですか。それはずいぶん突然ですね」

お方様がどんな理由で鶉が欲しくなったのか、今ひとつわからないが、鶉合わせに出してもいいくらいの立派な鳥なら、満足してもらえるのではないかと思った。

鶉合わせは毎年一月と二月に開かれる。鶉の鳴き声の善《よ》し悪《あ》しを競い合うものだ。大名から町人まで、自慢の鶉を持ち寄って勝負するのだ。

本当は「嘩嘩快」よりも、もっとよいとされているのが、「御吉兆《ごきっちょう》」と鳴く鳥だ。なんといってもその目出度《めでた》い鳴き声で、戦国の武将に愛玩《あいがん》されたと伝わっている。

それでも元気に「嘩嘩快」と鳴くこの鳥からは、いい仔《こ》が生まれるかもしれない。いつか鶉合わせに出せるような仔が。

「番《つがい》で飼ってはどうでしょう。お庭が広いから大きな鳥籠で飼えば、たくさん卵を産むかもしれませんよ」

さっきからそばで話を聞いていた徳造が、「商売がうまいねえ」と小声で言った。

お佐都には聞こえなかったようで、番で買っていくことに心が動いているようだ。

「買うのは一羽だけのつもりでしたが、鶉だって二羽のほうが寂しくないでしょうしね」

お遥は、さっきのは雄だったので雌の元気そうなのを選んでいた。すると通りのほうで華やかな笑い声が上がった。

思わず立ち上がって、そちらを見た。お佐都も振り返って見ている。

道の真ん中で十七、八の若い娘が三人、立ち話をしていた。裕福な商家の娘なのだろう。振り袖にだらり結びの帯、髷《まげ》には銀のびらびら簪《かんざし》が揺れていた。三人とも揃って似たような着物を着ているうえに、腰に巾着をぶら下げているのも一緒だ。仲良しの三人は好みも同じで、つい着物も似てしまうのだろう。

腰の巾着は底が手のひらくらいの大きさで、芯が入っているようで平らだった。何が入っているのかふっくらと膨らんでいる。

一人は赤い麻の葉模様、一人は紺の縞《しま》、一人は京紫《きょうむらさき》の七宝《しっぽう》つなぎだった。それぞれに柄は違っていても、巾着の形と膨らみ具合は同じだった。

興味を引かれて見ていると、巾着の角のひも口《くち》から、ひょいと鳥の頭が出てきた。

鶉だった。

「わ」

お遥とお佐都、それにたまたま見ていたらしい徳造が三人揃って声を上げた。

鶉はくりくりとした目で、物珍しそうにあたりを見回している。

そのうちにお遥とお佐都のほうをじっと見た。するとふいに小首をかしげた。

「可愛い」

お遥が言うと、お佐都も「なんと愛らしい」と目を細めている。

首を出した鶉に娘の一人が気づいて、目の高さに持ち上げ頰ずりをした。

「ああ、わかりました。お方様が鶉を飼いたくなった訳が」

とお佐都は頰を上気させた。

「お方様は、ああいうのをご覧になったのだわ。それでご自身も鶉を飼いたくなったのでしょう。今頃はお針に巾着を縫わせているかもしれません」

「そうかもしれませんね。あんな可愛い鶉を見たら、だれだって欲しくなりますよ」

「なんだろうねえ、あれは」

野太い声が突然聞こえた。いつからいたのか背の高い上品そうな商人が、苦々しい顔で娘たちを見ていた。年は五十くらいだろうか。銀鼠《ぎんねず》の高級そうな上田縞《うえだじま》の着物を着ている。

「あれは巾着鶉といってね。あんなふうに頭を出させるものじゃないんだ。昼間は巾着の口を閉じておいて、夜にお座敷で出して鳴くように仕込むためにやるんだ。あんな、ちゃらちゃらと、まったく近頃の若い娘は」

「まったくですねえ」と後ろにいた供の男が調子を合わせている。

「いいと思いますけど」

お遥はつい言ってしまった。言ってから、しまったと思ったが遅かった。徳造からはいつも、お客の言うことには「はい、はい」と言っておくようにと注意されていたのだ。だが、もう引っ込みがつかない。

「可愛いから連れて歩きたいっていう気持ちはよくわかりますし、鶉も嬉しそうですよ」

「嬉しいかどうか、鶉に聞いてみないとわからんだろう」

お遥に反論されたのが悔しいのか、供の男はお遥にくってかかる。

「わかりますよ」

お遥とお佐都が声を揃えた。驚いたことに商人も、「わかるよ」と供の者をたしなめている。

お佐都ははじめ、鳥が好きではなかったらしいが、近頃はすっかり鳥好きになった。鶉の気持ちがわかると言ってくれたのがお遥は嬉しかった。そして偉ぶったこの商人もやはり鳥好きなのだと思うと、にわかに親しみを覚えた。

「旦那様は鶉をお求めですか？」

「まあそうだが、掘り出し物はないかなと思ってね」

「それでは、鶉合わせにお出しになるのですか？」

「ああ、今年こそ一番を取りたいものだよ」

お佐都が突然、前に出てきた。

「それならば、この鶉がよろしゅうございますよ。『嘩嘩快』と鳴きますし、なかなか声もようございます」

御殿女中にしか見えないお佐都が、まるで鳥屋のように鶉を押し売りするので商人は面食らっていた。

「でもこれは、お佐都さんがお買いになるんじゃなかったんですか？」

お遥が小声で訊いたが、お佐都は落ち着き払っている。

商人はしばらくの間、かなりあ堂の鶉を品定めしていたが、特に気に入ったものはないとかで帰っていった。

「お方様はきっと鳴き声の静かな鶉がお好みだと思うわ」

たしかに巾着に入れて可愛がるのなら、声の善し悪しは関係ないかもしれない。お佐都は頭の毛に白い羽が混じっている雌を選んだ。一番目が大きくて可愛いからだそうだ。

「よく見れば、このずんぐりした体も動き回る仕草も、とても可愛いわ。お方様もきっとお気に召すと思います」

そう言いながら別の鶉を名残惜しそうに見ている。

「お佐都さんも一羽連れて帰ったらどうですか？」

「やめておきます。お方様と同じ鳥を飼うのは憚《はばか》りがありますから」

鶉を入れた鳥籠を提げて帰っていくお佐都の後ろ姿を、徳造とお遥は「ありがとうございます」と頭を下げて見送った。

「鶉はあんな狭いところに入れられて、嫌じゃないんだね」

徳造も鶉の嬉しそうな顔を見ていたので、不思議に思ったのだろう。

「本当ね。でも、飼い主と一緒に外が歩けて嬉しいのかもしれないわ。こんな可愛い鶉なら私だっていつも一緒にいたいもの」

お遥は四羽になった鶉を見ながら言った。

「源《げん》さん、具合はどう?」

おフサは玄関の引き戸を開けながら声を掛けた。麴町八丁目にある佐々木源七郎《ささきげんしちろう》の家は表通りからもっとも離れた場所にある。路地を何度も曲がった先は行き止まりで、大名家の高い塀になっているのだが、その塀の下にこぢんまりとした平屋《ひらや》が建っている。それが源七郎の家だ。

源七郎は今年七十歳になる。昔は小禄の御家人だったという。人間関係のもつれだとかでほとほと武士が嫌になり、すっぱりとやめて手習いの師匠など様々な仕事をしてきたが、十年ほど前からは好きな鳥を飼い、繁殖させて売っては糊口《ここう》をしのいでいた。

だが今年になってから目を患い、鳥の世話も思うようにできなくなっていた。

おフサはそんな源七郎のために、食事の世話などをしに来てやっていた。鳥の世話まではできないので、百羽近くもいた鳥の新しい飼い手を見つける手伝いなどもしてやっていた。

「朝飯はまだだろう? 持って来てやったよ。たいしたものはないけど」

そう言いながらおフサは、ずかずかと上がり込んで奥の寝間の襖《ふすま》を開けた。

源七郎は起きていた。布団を壁側に寄せ、鶉の椿丸《つばきまる》を籠から出して畳の上で遊ばせていた。源七郎の手には青菜が握られているので、餌をやっていたようだ。

「畳の上は駄目だって言ったじゃないですか。ほら、糞をしてますよ」

椿丸を籠に入れ、糞《ふん》の掃除をしてから源七郎のお膳を出した。

ご飯と香の物、味噌汁はないが芋の煮たのがある。

「すまないな」

おぼつかない手つきで箸を取り、食べ始めた。

目の異常に気がついたのは今年の春だったという。目がかすむようになったのが始まりで、今は物が二重に見えるのだという。たぶん白底翳《しろそこひ》（白内障）だろうが、年寄りならだれでもかかる病気で、医者が治せるものでもないので仕方ないのだ、と源七郎は投げやりに笑っていた。

おフサには、目が悪くなったことですべてに嫌気がさしているようにみえた。

また、医者にかかる金がないのでそう言っているのだ、と言う者もある。

「椿丸を売ったら、相当のお金になるでしょう？　それで医者に診せたらどうです？」

「またその話か。椿丸は手放さないよ。こいつは俺の子供みたいなもんだから」

だけど、と言おうとして言葉を呑み込んだ。源七郎は見た目の通り頑固で、一度言い出したらきかないのだ。

今年の春の鶉合わせで、椿丸は江戸一番の折り紙がついた。賞金はかなりなものだったと聞いている。来年の鶉合わせでも椿丸は一番になれるだろうと、まわりからも期待されている。

だが源七郎はもう椿丸を鶉合わせに出す気がないようだ。それならば椿丸を売ってはどうか、と再三勧めていた。木場《きば》に住む大金持ちとの間で、商談が進んでいると聞いている。その額は驚くほどの金額らしい。

たくさんいた鳥もあとは十数羽が残るだけだ。

「だけど椿丸の世話だって、あんまりできないじゃないの。だれかいい人でも探したらどうです？」

「いい人だって？　こんな年寄りに来てくれる人なんかいるもんか」

「源さんは年寄りなんかじゃありませんよ。まだまだ若いじゃありませんか」

源七郎は日に焼けた顔を赤らめて、「いやあ、そんなことは……」などと言って照れている。

「あんたは本当にいい人だな。明日も来てくれるかい？」

「そうねえ、仕事のほうがどうかわからないけど、暇があったら来るよ」

おフサは廻り髪結いだった。道具を持って得意先を回るのだ。

「ありがとう。どうしてこんな年寄りに、こうまで親切にしてくれるんだい？」

「あたしはただ、困っている人を黙って見てられないだけなんだよ」

「あんたのようないい人が、旦那もいなくて一人暮らしだなんてなあ。勿体《もったい》ない」

「まあ、源さんったら、あたしを口説いてるの？」

源七郎は笑ってごまかしたが本気のようだった。

おフサは持って来た器を洗って風呂敷に包み、簡単に掃除をして源七郎の家を後にした。


先日、鶸を買いたいと言っていた客が約束通りやってきた。四羽の鳥を見比べて、特に迷うでもなく一羽の雄を選んだ。

お遥はちょっとしたひっかかりを感じて男を見た。年は四十くらいだろうか。遊び人というほど、すさんだ感じもしない。かといって真っ当な商人というのでもなさそうだ。陰湿そうな目をしていて、長い顔がひしゃげていた。そしてなによりお遥が気がかりなのは、鶸を買うような鳥好きに見えなかったことだ。選び方もそうだが、鶸を見る目に鳥への愛情が感じられないのだ。

「これにするよ」

男は持ってきた鳥籠の扉を開けて、お遥に入れるようにと促した。

「餌はキビと粟《あわ》と稗を混ぜてやってました。この鳥は青菜はあまり食べないんですけど、大根の葉なら少しは食べました。それと……」

お遥は籠に鶉を入れてやりながら、なんとか鶉を可愛がって欲しくて言った。しかし男は、「わかってるよ」とうるさそうにお遥の言葉を遮《さえぎ》った。

男は鶉の入った籠をぶら下げ帰っていった。その後ろ姿を見ていると、徳造も男を見送りながら、「心配だ」と言った。

「そうよね」

「うん。可愛がってくれるといいが」

その男が再びかなりあ堂に現れたのは三日後だった。残っていた三羽の鶉はすべて売れ、お遥も徳造も男のことは忘れていた。

「鶉が餌をぜんぜん食べないんだ」

「ぜんぜんですか？」

あの小さな体で三日も餌を食べなければ、死んでしまうかもしれない。

「自分で食べようとしないんだよ。それですり餌を作って無理矢理食わせてるんだが、だんだん弱ってくる」

それはそうだろう。なぜもっと早く連れてこないんだ、と思わず言いそうになる。

徳造は鳥籠を受け取り、中をのぞき込んだ。お遥も隣から鶉のようすを見た。鶉は籠の隅でうずくまっていた。羽は汚れて艶がなく、目を閉じて苦悶の表情を浮かべている。

徳造はまず籠の中に手を入れて、糞の状態を確かめた。それから両手で鶉を取り出し、嘴《くちばし》や頭や足の状態を見たあと、翼も広げて見ている。

「どうだい、なんかわかったかい」

男は気遣《きづか》わしげに訊いた。

「見たところは大きな怪我はないようですね。目の下に腫《は》れ物ができると、食欲がなくなったり元気がなくなったりするんですが、それもない」

鶉の胸から腹を慎重に指でなぞり、「腫れはないようだ」とつぶやき徳造は首をかしげた。

「こういう風に元気がなくなるのは、たいてい鶉病といって臓腑がただれる病がありますが、糞は健康そのものですから鶉病じゃないですね。他には腹の中の腫れ物のせいで元気がなくなることがありますが、そういう時は糞が水っぽくなるんです。こういうい糞じゃないんですよ」

お遥は土間の隅に平箱を置き、藁を敷き詰めた。徳造から鶉を受け取りそこへそっと置いてやる。鶉は目をつぶってうずくまっている。

お遥は首をかしげた。そしてもう一度、鶉の体を両手で触り、やっぱり首をひねった。なにかがおかしい気がした。

「とにかく飯が食えるようにしてくれよ。手間がかかってしょうがないからな」

お遥は驚いて振り返った。鳥を飼う人が言う言葉ではない。面倒だからかなりあ堂で治せとは。

「鶉を置いている場所が、よくないんじゃないでしょうか。どういうところで飼ってますか？」

徳造はあくまでも丁寧に問題を聞き出そうとしている。

「どういうって、家の中だよ」

「鶉は寒さに弱いですから、隙間《すきま》風が入るとかはないですか？」

「ねえよ。人間だって同じとこで寝てるんだ。鶉だけ寒いなんてことがあるもんか」

男はだんだんとイライラしてきて、声が大きくなった。

「寒さだけじゃなくて、鶉の具合が悪くなるような、なにかがあるかもしれません。

一度あなたの家を見せてもらえませんか？」

どうやら徳造は男の家まで行くつもりらしい。しかし男は、「ちゃんとしたとこに置いてるって言っただろう」と声を荒らげた。

「とにかく治してくれ。いいな」

男が出ていくところへ、ちょうどお種が入って来た。今のやり取りを聞いていたようだ。目を丸くして男が歩いて行くのを見送った。

「治してくれって、鳥の病気かなんかを？　なんだよ。まるで鍋かなにかの修理を頼むみたいじゃないか。とても生き物の話をしているとは思えないね」

憤懣《ふんまん》やるかたないといった態《てい》で突っ立っていたが、自分がかりん糖の載った皿を持っていることに気づき差し出した。

「食べよう」

店の上がり口にどっかりと座り、かりん糖を音を立てて食べ始めた。

お遥と徳造も一つずつ手に取った。

「あいつはまったく碌《ろく》でもないやつだよ」

「お種さん、知ってるんですか？」

「ああ、磯吉《いそきち》っていう遊び人さ。博打うちの小悪党ってあのあたりじゃ有名さ」

た。

「山王《さんのう》様の門前町さ。あそこの長屋に女房と二人で住んでるんだ。だけどあいつが鳥を飼うなんて、似合わないねえ」

「あんまり可愛がってるみたいじゃないし」

お遥はかりん糖を一口囓《かじ》って鶉を見た。鶉は心を閉ざしたように目をつぶってい

お遥と徳造が心を尽くして世話をした甲斐《かい》あって、鶉はやや元気を取り戻したかに見えた。自分から餌を食べようとしないのは同じだが、磯吉が言っていたように無理矢理食べさせるようなことはなかった。初日こそ口を開けなかったが、今では嘴の前に餌を持っていくと、けっこう美味しそうに食べている。

ただ、相変わらず元気がなく、ほぼ一日中目を閉じてうずくまっていた。

「ねえ、どうしたの？　どこか痛いの？　おまえ、口がきけたらいいのにね」

話しかけながら餌を載せた竹べらを口元に持っていった。

少しずつ羽の艶もよくなり、目にも力が戻ってきたように思う。

お遥が目の下を撫でてやると、気持ちよさそうに目を閉じた。

そこへ先日も来た商人がまたやって来た。

「いい鶉は入ったかな」

と言いながら店の中に入ってきたが、お遥が世話をしている鶉を見て、「どうしたんだこの鶉」と眉を寄せて言った。

この人は本当に鶉が好きなのだ、とお遥は嬉しくなった。

「餌を食べないんです。どこも悪いところはなさそうなのに」

「ふむ。どれどれ」

商人は鶉を両手で包むように持って、目の高さまで持ち上げ角度を変えて見ている。

「それほど悪そうでもないな、むしろ元気そうだ」

さらに頭や胸を撫でていたが、ぴたりと手が止まった。

「あのう、どうかしましたか?」

「いや、気のせいだろう。ところで鶉は、もう入らないのかい?」

「万が一この鳥が鶉病だったら困るんで」

「ああ、そうだね。あれはうつるからね」

お遥と商人が鶉の病気についていろいろと話をしていると、例の磯吉が店に入ってきた。

「おい、鶉は治ったのか？」

と、ほとんど恫喝《どうかつ》するような言い方だ。その声に商人が振り向くと、磯吉は顔色を変えた。

「おや、おまえさん磯吉じゃないか。この鶉はおまえのなのかい？」

「ああそうだ」

「どこで手に入れたんだ？」

「え？　ここで買ったんだよ。文句あるか」

「おまえみたいなやつが鶉を飼うなんて、似合わないな」

磯吉は「ふん」と鼻を鳴らして横を向き、「俺だって鶉ぐらい飼うさ」と言った。

そして「おい、どうなんだよ。鶉は治ったのか？」とお遥を怒鳴りつけた。

「少し元気になりましたけど、まだ自分で餌を食べません」

お遥の言葉を最後まで聞かないうちに、磯吉は持って来た鳥籠に鶉を入れた。

「元気になったんなら、それでいい」

「あ、でも」

「いい、つってんだよ」

磯吉は鶉を連れて帰ってしまった。

「なんなんだよ。あいつは」

いつのまにかお種が店先に立っていた。

「磯吉の姿が見えたから来てみたんだよ。徳さんが出かけているだろう？　ちょっと心配でさ」

「また怒鳴ってたわ。あんな人だからウズ丸はご飯が食べられないのよ」

「え？　名前つけたの？」

お種は半分笑いながら呆れた顔をした。こっそりつけた名前だったので、お遥は顔を赤らめた。

「あんなやつが鶉を飼うなんて世も末だ。鶉が可哀想だ。あれはきっと気鬱《きうつ》の病だよ。ウズ丸が人間だったら、うちの薬を飲ませてやるんだがなあ」

商人はそう言って残念そうな顔をした。本気なのか冗談なのか区別がつかなかった。

「旦那様はどちらのお店《たな》の？」

お種が好奇心丸出しで訊く。

「あたしは日本橋《にほんばし》の堺屋《さかいや》だよ」

「堺屋さんといったら、あの長命酒《ちょうめいしゅ》の？」

堺屋は少し胸を張って「そうだ」とうなずき、堺屋藤兵衛《とうべえ》だと名乗った。

「へええ、堺屋さんが小鳥好きとはねえ」

「あたしは鶉専門でね。来年の鶉合わせは、なんとしても一番を取りたくていい鶉を探しているんだよ」

聞けば三年も続けて一番を逃し、二番に甘んじているという。それで江戸中の鳥屋だけでなく、近郊の百姓に手を回して鶉をとらせているのだそうだ。

「だがね、あんまり大っぴらにやると、お上に叱られるからね。こっそりやってるんだ。内緒だよ」

藤兵衛は口に人差し指を当てて、いたずらっぽく笑った。鶉は御鷹様の餌になるので鑑札のない者がとってはいけないことになっているが、大量にとらない限り、まず咎められることはないはずだ。

「三度も悔しい思いをしているからね。椿丸はそろそろ引退するんじゃないかと思っているんだ。だから来年こそあたしが」

「椿丸っていう鶉は、三年も一番を取っているんですか？」

「ああ、憎たらしい鳥だよ。いや憎いのは育てたあの人だ。佐々木源七郎。佐々木さんが育てる鶉はいつも大したものなんだよ」

「やっぱり上手に育てると、よく鳴くものですか？」

お遥は興味をそそられた。

「もちろん親がそれなりにいい声でなきゃならないんだ。だけど親がいいから仔も必ずいいというわけじゃない。やっぱり育て方だ。椿丸の親も結構いい鶉だったが、椿丸は別格なんだ」

そういうものかと感心した。悔しいと言いながら藤兵衛は、あまり悔しそうではなく、むしろ佐々木源七郎に一目置いているようだった。

得意先に行っていた徳造が戻ってきた。藤兵衛とする鶉の話は尽きなかった。磯吉のような者のところにいるから、あの鶉は餌を食べられなくなったのだと決めつけたところから始まり、いかに鶉という鳥が繊細で、そこがまた可愛いという話や鶉合わせの会のことなど、話はどんどん広がっていった。

今日はお種も口を挟まず面白がって聞いていたが、「そういえばお供の人はどうしたんですか？　今日は連れてないんですか？」と藪《やぶ》から棒《ぼう》に訊いた。

「用をたのんでいるんだ。これから木場の御隠居に会うんで、手土産《てみやげ》を買いに行ってもらっている」

藤兵衛が言い終わらないうちに、供の男が風呂敷包みを持ってやって来て、藤兵衛は一緒に店を出ていったのだった。

「長命酒が大人気で、すごく売れたから羽振りがいいんだね」

お種はひとり合点でうなずいている。

「私、ちょっと出かけてきます」

「どこに行くのさ」

山王様の森にツグミが来ているか見てくると言うと、徳造が怪しんだ。

「お遥は鳥をとるのをやめたんじゃなかったのかい？」

「そうなんだけど、ええっと……」

「まさか磯吉さんのところに行くんじゃないだろうね」

徳造の勘の良さにぎょっとした。

「ううん。行かない。絶対行かない」

まごまごしていると止められそうなので、急いで店を出た。

ウズ丸が心配だった。あんな男とどんなところで暮らしているのか、確かめなければ気が済まない。そしてもし、ひどいところだったら、お金を返してウズ丸を連れて帰ろう。

お遥は平川天神から三軒家《さんげんや》を抜け、駒井小路《こまいこうじ》をひたすら走った。山王門前町まで一気に走ってようやく息をついた。表通りの絵草紙屋で、磯吉の家はどこかと訊くとすぐに教えてもらえた。

教えられた木戸をくぐり、路地のどぶ板を踏んで一番奥の磯吉の家まで行く。

連子窓《れんじまど》の下で聞き耳を立てると磯吉の声が聞こえた。鶉を持ってまっすぐ家に帰ってきたようだ。

「だから治ったたって言ってんだろう」

お遥は窓の下で顔をしかめた。だれに言っているのか知らないが、磯吉はここでも怒鳴っている。

「これが治ったたって言えるのかい？　ぜんぜん動かないじゃないか」

女の言い方もかなりきつい。磯吉の女房なのだろうか。

「うるせえな。だからとっとと売っちまえばいいんだよ。そのあとで死のうがどうしようが、俺の知ったことじゃねえ」

やっぱりウズ丸を売るつもりだったんだ。

だが、かなりあ堂で買った鶉が、そう高く売れるはずはない。売るまでの餌代などで儲けなどほとんどないのではないだろうか。

「あたしがこんなに苦労してるのに、あんたは買い叩かれてばっかりじゃないか。しっかりしておくれよ。他のもとっと売っちまっておくれよ」

「他の、ってみんな屑鳥《くずどり》じゃねえか、売ったってたいした金にはならねえ。面倒くせえから放しちまえよ」

「そんなわけにいかないよ。少しでも金に換えなきゃ」

屑鳥と聞いて、お遥は怒りで目が眩《くら》んだ。なんという人たちだろう。鳥を金儲けの道具にしか考えていないなんて。

お遥は連子窓の隙間から中をのぞいた。ウズ丸は流しの前の土間に置かれていた。お遥がのぞいていることに気がついて、喉の奥でクックックッと小さく鳴いている。

磯吉は横向きであぐらをかき、女のほうはこちらに背中を向けて座っている。

「ケチくさいことを言うな。こいつが売れりゃあ」

と磯吉がこちらを向いたので、お遥はさっと頭を引っ込めた。胸がドキドキしている。

「しばらくは遊んで暮らせるぜ」

「本当かい？　そんなに高く売れるのかい？　それじゃあ、あいつが隠している金と合わせれば……あははは。はやく見つけなきゃ」

二人はまさに笑いが止まらないようで、どのくらいで売れるか予想を言い合っている。

おかしい。

ウズ丸がそんなに高く売れるわけがない。だれかを騙《だま》そうとしているのだ。

「じゃあ、はやく行って、売っておいでよ」

「馬鹿、約束の刻限があるんだよ」

磯吉は山王様の境内で暮れ六つに会う約束をしていると言う。日が落ちてから相手に会うのは後ろ暗いことがあるからだろう。

お遥は立ち上がって山王権現《ごんげん》に向かった。暮れ六つまで時間を潰し、相手が誰なのか確かめて、なんなら騙される前に教えてやるつもりだった。

山王権現の境内は人気《ひとけ》がなく閑散としていた。

お遥は植え込みの中にしゃがみ込んで、磯吉が現れるのを待った。寒いことは寒いが、躑躅《つつじ》の木の中に埋もれるようにして、じっとしていると寒さは気にならなくなってきた。

時を告げる鐘が鳴った。

現れたのは磯吉ではなく、二人の男だった。

一人は鶉好きの堺屋藤兵衛だ。

もう一人はずっと年上で、七十歳は超えていそうな老人だった。ずんぐりとした体型も顔も、福々しいという言葉がぴったりで、恵比寿様《えびすさま》のような優しい顔をしていた。光沢のある金茶の着物を着ていて、いかにもお金を持っていそうだ。

「御隠居さん、こんなところで商談だなんて、ちょっと変じゃないですか？」

「わしもな、おかしいと思うんだ。なんでもすごい鶉が手に入ったと言うんだが、子細は会って話すの一点張りでな。あんたなら鶉を見る目はたしかだから、一緒に来てもらったんだ」

御隠居さんと呼ばれた恵比寿様は、藤兵衛と並んで歩きながら言った。

磯吉が鶉を売る相手というのは、この御隠居さんらしい。二人の話では、茶屋の前で待ち合わせをしているという。

お遥は先回りをして茶屋の陰に身を潜めた。

藤兵衛と御隠居は寒そうに懐手《ふところで》をして、二人並んでやって来た。

「一人で来いなんて、大柄《おおへい》なやつだよ」

御隠居が眉をへの字に曲げて言う。

「えっ、そんなことを言われたんですか？　それじゃあ、あたしがここにいちゃ、まずくないですか？」

「いいんだ。いいんだ」とまったく気にしていないようだ。

しかしお遥は気が気ではなかった。お遥の姿を見たら磯吉が警戒するのではないかと用心して、こうして身を隠しているのに、藤兵衛がいては、磯吉が現れることはないかもしれない。

「来ませんね」

藤兵衛はあたりを見回しながら言う。

「まあ、そのうち来るだろうよ」

御隠居は鷹揚《おうよう》に構えていた。

「堺屋さん、知ってるかい？　源さんのこと」

「佐々木源七郎さんですか？　どうかしたんですか？」

「あの堅物《かたぶつ》に女ができたんだとさ」

「へえ」

佐々木源七郎は先日、藤兵衛が話していた椿丸の飼い主だ。三年連続で一番を取っている、と言って藤兵衛がたいそう悔しがっていた。

「源さんの身の回りの世話をしているらしい。おフサという廻り髪結いで、たいそうまめな女だそうだ。源さんは近頃目が悪くなったという話を聞いたからな、長屋の連中は、そういう女ができてよかったって言ってるよ。所帯を持つんじゃないかって噂だ」

「源さんはずっと独り身でしたよね。ちょっと気難しい人ですからね。蓼食《たでく》う虫も好き好き、というところですか」

二人は雑談に興じているが、これではいくら待っても磯吉は来ないだろう。

お遥は茶屋の陰から出て藤兵衛の横に立ち、そっと袖を引いた。

「わっ」

藤兵衛は驚いて飛《と》び退《の》いた。

「なんだ、かなりあ堂のお遥ちゃんじゃないか」

「鶉を買うんでしょう?」

「よく知ってるな」

「騙されてますよ。買っちゃいけません」

お遥は二人を諭《さと》すように言った。

「騙されているってどういうことだ?」

「磯吉さんから鶉を買うんでしょう? あれは……」

「ちょっと待て、磯吉だと？　御隠居さん、鶉を売るというのは磯吉だったんですか？」

「いや、違うよ。そんな名前じゃなかった。新吉とか、新之助とか言ってたよ」

「嘘をついているんですよ。でたらめな名前を言ったんです。顔が長くてひしゃげていませんでしたか？」

御隠居はたしかにそういう男だったと言う。

「やっぱり。その鶉はうちで買った普通の鶉ですよ。うちはそれを三十文で売ったんです。いくらで買うつもりだったんですか？」

御隠居は、もちろん鶉を見てから値を決めるつもりだったが、一応、手付けとして一両を用意してきたという。

「危ないところでしたね。まさか商談相手が磯吉だったとは。それで姿を現さないわけがわかりましたよ。あたしがいるからです。だけど、ちょっとわからないねえ。いくら磯吉が馬鹿でも……」

藤兵衛が最後まで言わないうちに、お遥は言った。

「そうなんですよ。いくら馬鹿でもうちの店で買った鶉を、すごい鶉だなんて言って売るわけないんです。それと、源さんっていう人のところへ来ている女の人のことですが、どんな人ですか？」

「なんだ、わしらの話を聞いていたのか。わしは知らないよ。そういう噂だってことだ」

「私、確かめたいことがあるんです。その人の家に連れていってもらえませんか？」

「これからかい？」

藤兵衛と御隠居が同時に声を上げた。

「わしは年だから藤兵衛さん、あんたが連れて行っておやんなさい」

「え」

藤兵衛はあからさまに嫌な顔をした。しかし御隠居には逆らえないのか渋々承知した。

三人で石段を下り、そこで御隠居とは別れた。

藤兵衛と並んで源七郎の家に向かった。表通りの店はどこも戸を閉ざし、野良犬が時折通るだけだった。寒さもひとしおで、藤兵衛は肩をすくめて歩いている。だがお遥は自分の予想が当たっているかどうかが気になって、少しも寒くなかった。

ほどなくして源七郎の家に着き、藤兵衛は戸を叩いた。

「だれだ」と機嫌の悪い声が中から聞こえる。

「あたしだよ。堺屋だ」

「なんの用だ」

「ちょっと話したいことがある。開けてくれ」

藤兵衛はそう言って、源七郎が戸を開けてくれるのを待った。

しかしお遥は待ちきれず、腰高障子をガラリと開けた。

「こんばんは。かなりあ堂です。こちらの鶉のことでお話があるんです」

言いながら勝手にずかずかと入っていく。

源七郎は行灯《あんどん》の前であぐらをかいていた。手には盃《さかずき》を持っており、そばに徳利《とっくり》が置いてある。酒を飲んでいたようだ。

「話とはなんだ」

酔っているから機嫌が悪いのか、それとも元からそういう怖い顔なのかわからないが、お遥はちょっとひるんでしまった。

肩で大きく息をして、勇気を振り絞る。

「あの鶉、あなたの鶉ですか？」

お遥は部屋の隅を指さした。そこには浅い木箱の中で行儀よく座っている鶉がいた。

「源さん、他の鳥はどうしたんだ？　前に来た時はたくさんいただろう」

「今は椿丸だけだ。他はもういない」

「どうしてだい」

藤兵衛の問いに、源七郎はぷいと横を向いた。

お遥は源七郎の前に座って顔を覗き込んだ。

「あの鶉、本当に椿丸ですか？」

「えっ」

藤兵衛が驚いたように声を上げた。

それに対して源七郎は、黙って酒を飲んでいる。

「やっぱりそうなんですね。磯吉さんがうちで鶉を買ったあと、三日くらいしてから鶉を連れて来たんです。痩せていたし羽も汚れていて、うちで売った鶉だと言われても見ただけでは、そうかどうかはわかりません。でも両手で持ち上げた時に、ちょっとだけ変な気がしたんです。痩せて小さくなっていたけど、骨格が大きいなって。こんなに大きな骨格だったっけって。でも、その時は気のせいかと思いました。それから何日か世話をして、少し元気になった頃、堺屋さんが来たんです。覚えていますか？」

「ああ、覚えている。そうだった思い出したよ。あたしもあの時、どこかで見た鳥だと思ったんだ。だけどすぐに勘違いだろうと……」

藤兵衛は源七郎と部屋の隅にいる鶍を見比べた。

「それじゃあ、かなりあ堂にいたのは椿丸だったのかい？　だけど一体どうして」

源七郎は酒を呷《あお》り、「こいつは椿丸だ」と吠《ほ》えるように言った。

「おカネさんが言ってましたよ。『あいつが隠してあるお金をはやく見つけなきゃ』って」

「おカネってだれだよ」

源七郎は鼻で笑った。

「わかった」

藤兵衛が突然叫んだ。

「源さん。近頃この家におフサって女が出入りしているだろう。その女がおカネなんだよ。で、おカネってだれなんだ？」

「おカネさんは磯吉さんのおかみさんです」

源七郎が驚いて腰を浮かした。その拍子に徳利が倒れた。

「嘘だ」

「私、磯吉さんの家の近所で聞いたんです。あそこのおかみさんはおカネさんっていう人で、近頃は髪結いの仕事もしないが金回りがいいのは、いい金づるを見つけたからだろうって」

「ひょっとして源さん。たくさんいた小鳥は、みんなそのおカネって女が売ってしまったのかい？」

「売った金は、ちゃんとくれたよ」

「その女ならきっと上前をはねていただろうよ」

源七郎は一回り小さくなった気がした。ようやく女の正体がわかったのだろう。しかし女をかばうように話し始めた。

「今年になってから目が悪くなってしまって、煙草屋の前で銭を落とした時に、探せなくて困っているところを、おフサ、いやおカネが拾ってくれて、家に帰る俺について来てくれたんだ。それから目が悪くちゃ不便だろうと、身の回りのことをいろいろとやってくれて、鳥の世話も大変だろうと少しずつ売ってくれたんだよ。だけど俺は椿丸だけはそばに置いておきたかったんだ。あれは俺の子供みたいなものだから」

「でも、おカネさんは、うちで買った鶉とこっそり取り替えたんですよね」

「知ってたよ」

「え？」

「おフサは俺のためを思ってやったんだ。椿丸は俺のところにいるより、別の人に飼われたほうが幸せだからな」

源七郎の椿丸を思う気持ちは痛いほどわかる。椿丸を思えばこそ、おカネに取り替えられても気づかぬふりをしていたのだ。

──だが。

「椿丸はすっかり痩せてしまいましたよ。自分から餌を食べないんです」

源七郎は目を見開き驚いている。見えているのかどうかわからないが、困惑と悲しみに満ちた目がお遥を見ていた。

「餌を……食べない……」

小鳥を飼ったことのない人からすれば信じられないかもしれないが、鳥と人とは想像以上に親密な関係を築くものなのだ。いつも一緒にご飯を食べていると、餌を置いてあっても飼い主が帰ってくるまでは食べない、ということはよく耳にする。

源七郎は畳《たたみ》をじっと見つめている。盃を持っている手がかすかに震えていた。

「椿丸を迎えに行きましょう。ねえ、源七郎さん」

お遥は源七郎の手を取った。すると源七郎はその手を乱暴に払いのけた。

「帰ってくれ。あんたらには関わりのないことだ」

「源七郎さんと椿丸が一緒にいられるように、みんなで考えましょう」

お遥は源七郎に取りすがって訴えた。

「帰ろう、お遥ちゃん。この男は頑固者でみんなに煙たがられていたんだ。椿丸も可哀想に。こんな男が飼い主だったために、磯吉みたいなやつに狙われるんだからな。十両でも五十両でも、さっさとどこかのお大尽に売ってもらって、大事にされるほうが幸せというものだ」

藤兵衛はお遥の腕をつかんで立たせ外に出た。

お遥はべそをかいていた。

「そんなに椿丸のことが心配なのかい？」

「ええ。それと源七郎さんが可哀想。椿丸はどんなお金持ちの家に行っても、きっと源七郎さんのことを忘れないわ。それに源七郎さんも、椿丸のことを毎日心配して暮らすのよ。ご飯食べてるかな、って」

「わかった、わかった」

お遥がしくしくと泣くので、藤兵衛は背中をさすって一生懸命に慰めてくれた。そして辻駕籠に乗せてくれたのだった。

お遥は「木場の御隠居」の家にいた。話には聞いていたが、まるでお大名の家のようだと思った。松と滝が描かれた上に金粉がふんだんにほどこされた襖《ふすま》や極彩色《ごくさいしき》の天井の絵の豪華さは、お遥が初めて目にするものだった。

「やあ、待たせたね」

御隠居は紺の作務衣《さむえ》を着てにこやかに現れた。剃《そ》り上げた頭はピカピカ光っていて、まん丸い顔の大きな目が優しそうに笑っている。やはり恵比寿様に似ている。

立派な座敷に通されて固くなっていたお遥は、ふっと体の力が抜ける気がした。

「よく来たね。実を言うと、わしもお遥ちゃんに訊きたい事があったんだよ」

「私にですか？」

御隠居の意外な言葉に、思わず頓狂な声を上げた。今日お遥が木場に来たのは、源七郎のことで頼みがあったからなのだ。

「かなりあ堂というのは、平川町の飼鳥屋なんだってね。店の名前は聞いたことがあったが、うちには別の鳥屋が出入りしていたから、よく知らなかったんだ」

お遥は話の要点がわからず、「はあ、今後はどうぞごひいきに」などと、ぼそぼそと言った。

「こんなことを訊いたら、おかしな老人だと思われるかもしれないが……」

御隠居はひどく言いにくそうだ。

「だけど、どうも気になるんだよ。夕べ店の者に、お遥ちゃんの話をしたんだ。山王様の境内で会ったことをね。面白い娘がいたよ、って。そうしたらかなりあ堂なら知っている、と言うんだ。あそこの主人はとてもいい人だと」

「ありがとうございます」

話がどこに向かうのか少しも見えてこない。

「年は三十くらいと聞いたが」

「はい。ええっと、ちょうど三十です」

年が明ければ三十一だとしみじみ思った。お遥のことにかまけて、自分の幸せを二の次にしてきたので、嫁をとることもなくこの年になってしまった。来年はお遥は十七になる。いつまでも徳造に頼り切りではいけない、と改めて思った。

「徳造さんというんだよね」

「はい」

「もとは三松屋《みまつや》さんの人かね？」

「もとは？　兄は生まれた時からかなりあ堂におりますが」

「ああ、そうかい。いやあ恥ずかしい」

御隠居は真っ赤になって汗を拭き、笑いながら言った。

「いやね、夕べおかしな夢を見たものだから」

お遥もつられて笑った。

「どんな夢だったんですか？」

「昔、馬喰町《ばくろちょう》に三松屋っていう呉服屋があったんだ。そんなに親しくしていたわけじゃなかったんだが、三松屋さんも小鳥が好きで、カナリアの鳴き合わせ会で何度か会ったことがある。三松屋さんには男の子がいてね。徳造っていう名前だった」

「そっちの徳造さんは、今はどちらにいらっしゃるんですか？」

「うん。それがね。あれは十五年くらい前だった。三松屋に押し込みが入ってね」

その上、火を付けられて一家は皆殺しになったという。ただ、息子の徳造の遺体は見つからなかった。十五にもなっていたから、一人逃げのびたんじゃないかと言う人もいたが、そのあと徳造を見た者はいなかった。それで、徳造も一度は逃げたが、怪我を負ったかなにかで死んでしまったんだろうと言われている。

「わしもずっと忘れていたんだよ。ずいぶん前のことだしな。ところが夕べ、店の者に飼鳥屋の徳造さんの話を聞いて、三松屋の徳造が夢に出てきたんだ。にこにこ笑って、『おじさん』ってわしのことを呼ぶんだ。わしは徳造に会ったことはなかったたから、その子供が徳造かどうかわからないはずなのに、その子だとわかっている。で、徳造は、『今、かなりあ堂にいるんだよ』って言うんだ。びっくりして目が覚めたってわけだ。まあ、夢だからな。おかしな夢を見たものだと思っていたら、かなりあ堂のお遥ちゃんが訪ねて来たというじゃないか。なんだか変な心持ちになって、つい、つまらないことを訊いてしまった」

御隠居がからからと笑うので、お遥も一緒に笑った。三松屋の徳造に気の毒だと思いながら。

「つまらない話を聞かせたね。源七郎さんのことで話があると聞いたが」

「はい」

お遥は夕べの、ことの成り行きを細大漏《さいだいも》らさず話した。源七郎のところへ来ていた女は、おフサではなくおカネで、源七郎の目が悪いのをいいことに椿丸と別の鶉を取り替えてしまったこと。本物の椿丸を御隠居に売ろうとしたことや、藤兵衛が椿丸はお金持ちの家に売られたほうが幸せだ、と言ったことも話した。

「藤兵衛さんは、根っからの商人だからねえ。損得には聡《さと》いんだ。まあ、わしもだがね」

御隠居は、「ははは」と笑った。

「それで椿丸を磯吉から買い取ってくれ、という相談なんだろう？　いいだろう。磯吉の言い値では買わないが、わしも椿丸は欲しいからな。それから代金は源七郎さんに渡すのが筋というものだ。いいとも、お遥ちゃん、あんたの思い通りにしてあげるよ」

お遥は少しの間、下を向いて息を整えた。断られるかもしれない。でも一生懸命に頼んだらどうだろう。心の中でいろいろな思いが渦巻いている。

お遥は顔を上げ、そして思い切って言った。

「そうじゃないんです」


かなりあ堂に木場の御隠居がやって来た。お遥の無理な頼みを、二つ返事とまではいかないが、快く引き受けてくれたのだった。

「兄さん、こちらが木場の御隠居さん」

「お遥が無理なお願いをしたそうで、申し訳ありません」

「いやいや、わしは大したことはしてないよ」

御隠居は恵比寿顔で謙遜《けんそん》するが、お遥はすごく大したことだと思っている。

源七郎を御隠居のところで雇って欲しい、と頼み込んだのだ。御隠居は驚いていたが、ちょうど鳥の世話をする下男から、鳥の数が多すぎて手が足りない、と苦情を言われていたのだそうだ。目はよくないが見えないわけではないし、鳥の育て方に関しては一級品なのだから十分に役に立つだろう、と了解してくれた。椿丸はお遥がなんとかして取り戻す、という約束もした。

だが、源七郎のほうがなかなか承知しなかった。すっかり落ちぶれたとはいえ、下男と一緒に鳥の世話をするのは、もとは武士であるという誇りが許さなかった。それに椿丸が御隠居の鳥として鶉合わせに出ることになるのも、耐えがたいものがあったのだろう。

だが、そんな源七郎を説得してくれたのは藤兵衛だった。椿丸と一緒にいられるのは、何よりの幸せではないのか。椿丸の子供を上手に育てて鶉合わせに出したら、それはそれで面白い生き方じゃないのか、とそんなふうに説得したらしい。もっともそのあとで、今年は御隠居に一番を取られてしまう、と悔しがっていたそうだ。

「源さんは、人が違ったみたいに明るくなってねえ。目のほうは変わらず、といったところだがとても元気だよ」

「源七郎さんがお元気になってよかった」

お遥は御隠居の話を聞いて、心から安堵した。

「あれから徳造さんの夢は見ませんか？」

「ああ、見ないよ。しかしまあ、こちらの徳造さんは、なんとなく三松屋さんに似ているね」

徳造は当然のことながら、なんのことかわからず驚いている。

「御隠居さんは、別の徳造さんの夢を見たんですって。馬喰町の呉服屋さんで、三松屋徳造っていう人の夢を。生きていたら兄さんと同じくらいの年なんですって」

お遥と御隠居は、他愛ない夢の話で笑い合ったが、徳造はやはり意味が呑み込めないのか、口を半開きにして突っ立っていた。

「京から干菓子が届いたので、持ってきたよ」

御隠居が包みを差し出した。お遥はすぐにお種を呼びに行った。いつもお八つを持って来てくれるので、せめてものお返しだ。

包んである千代紙《ちよがみ》を開くと、桜の花をかたどった可愛らしいお菓子が現れた。

「へええ、きれいだねえ」

お種は桜の形の菓子を手に取って、口に入れるのが惜しいとでもいうように、いつまでも眺めていた。

「一足早く春が来たみたいだねえ」

「しかしまあ、なんといっても驚いたのは、お遥ちゃんだよ」

御隠居は頭をつるりと撫でた。

「あら、なにが驚いたんですか？」とお種。

「なにって、あんた。磯吉のところから椿丸を取り返したことだよ。いったいどうやって取り返したんだい？」

「取り返したんじゃありません。取り替えたんです。源七郎さんのところにいた鳥を、磯吉さんのところへ持って行って、鳥が違っていますよって」

一旦は源七郎のところにいた鶉と交換した。その上で鶉の代金に餌代を上乗せし、交換した鶉も引き取ってきたのだ。

本物の椿丸は源七郎のところへやり、今、かなりあ堂には最初に磯吉に売ったウズ丸がいる。

「鳥だけに取り違えたって言ったんだね」

お種の戯《ざ》れ言《ごと》に、御隠居が福々しい恵比寿顔で大笑いした。

と、そこへお佐都がやってきた。目ざとく桜の干菓子を見つけ、「まあ、都桜《みやこざくら》だわ」と言った。

「よくご存じで」

御隠居はお佐都に菓子を勧めた。

一つ取りながら、「父がよく京のお土産に」と懐《なつ》かしそうに微笑んだ。

お佐都は先日買っていった鶉のことを、わざわざ報告に来てくれたのだ。お方様は大変気に入られて、鶉を巾着に入れて庭をお散歩しているという。

御隠居も徳造もお種も、そしてお遥も、会ったことのないお方様だが、腰に鶉をぶら下げて庭を歩く姿を目に浮かべ、思わず笑みがこぼれた。

その時、ウズ丸がけたたましい声で鳴いた。

「ちょっと、今、『御吉兆』って鳴いたよね」

だれもが首をかしげる中で、お種は「御吉兆」と聞こえた、と言って譲らなかった。

「鳴いたよ、たしかに鳴いた。目出度いねえ」

都桜が花を添え、かなりあ堂は春のような賑わいだった。

第五話　鸚鵡《おうむ》

正月の華やいだ気分も落ち着いた頃、久しぶりにお佐都がやってきた。ひどく疲れているようで顔色が悪い。

いつもは店の小鳥を見て回るのだが、それもせずに店の上がり口に座った。

「大丈夫ですか？」

「ええ、去年の暮れに引いた風邪がなかなか抜けなかったのですが、もうすっかり良いのです」

とてもすっかり、というようには見えない。御屋敷に勤めていれば、簡単に休んだりできないのだろう。それにお方様という人は、かなりわがままな人のようだ。たぶん、無理をしているのだ。それでもお佐都はお方様のことを悪く言ったことなど一度もない。いつもお方様のために懸命に働いている姿には、頭の下がる思いがする。

平岡《ひらおか》甲斐守《かいのかみ》様の下屋敷は巣鴨《すがも》にある。御側室のお万《まん》の方様は、去年、めでたく男子をお産みになった。

跡継ぎに恵まれて、平岡家は大変な喜びにわいたという。そして初節句《はつぜっく》には盛大な祝いの宴を開くらしい。

お子様が生まれて祝い事が続き、お方様のご機嫌もさぞ麗《うるわ》しいことと思えば、そうでもなく、ずっと不機嫌なのだそうだ。お佐都の具合がよくないのも、そのせいではないかとお遥は思った。

「お方様のご機嫌が悪いせいか、梅吉も元気がないのです」

「そんなことって、あるのかい？」

紅梅焼《こうばいやき》を持って来てくれたお種が、せんべいの小気味よい音を立てた。観音様のお参りに行ったついでに買ってきたのだという。

「あるんですよ。飼い主の気持ちを敏感に感じ取ってしまうんだと思います」

お遥も梅の形に焼いたせんべいを一口囓《かじ》った。

「だけどさ、お子様が生まれたんだろう？　なんだってお方様はご機嫌が悪いのさ」

「わたくしもはっきりとはわからないのですが」

とお佐都は前置きして話し始めた。

ようやくお世継ぎが生まれた平岡家は、初節句の祝いのために、お子様の姿絵を、お抱え絵師の稲垣宗源《いながきそうげん》に依頼した。絵が完成するとお方様は、さらに自分がお子様を抱いた絵も描くようにと命じた。ところが半分ほど出来上がった時に、やはりオウムの梅吉も絵に入れて欲しいと言い出した。その後は、梅吉の場所が気に入らない。自分の着物を別の柄のものにしたい。お子様を抱いている手の位置が気に入らない。などと次々に難癖を付け、そのたびに絵を描き直させた。そしてついに宗源は屋敷に来なくなってしまった。

「絵は描きかけのものがいくつも置いてあります。使いの者をやっても、宗源様は一向においでになりません。それでお方様はご機嫌が悪いのだと思います」

お佐都は深いため息をついた。

「たしかにお方様はわがままですし、自分勝手なところもあります。それにちょっと意地悪で癇癪《かんしゃく》持ちだったりしますけど」

「え、なんだいそりゃあ」

お種は顔をしかめた。

「この頃はちょっとひどいと思うんです。お方様もお方様なら、宗源様も宗源様で一向に堪《こた》えないようで、お方様のわがままを取り合わないというか……」

お佐都の話では、宗源は無愛想でいかにも堅物という怖い顔をしているらしい。冗談どころか、ちょっとしたお愛想も言うことがなく、昨年、日本橋の油問屋の末娘と婚礼を挙げたので、皆でお祝いを言ったがにこりともしなかったらしい。

「どっちもどっちだねえ」

「宗源様はお方様の意地悪がお嫌なのですね。それでお方様の絵を描くのが嫌になったんですね」

お佐都は黙ってうなずいた。

わがままなお方様と堅物の宗源との間に挟《はさ》まれて、気の毒なことにお佐都と梅吉は具合が悪くなってしまったのだ。

「お佐都さんが疲れた顔していると思ったら、そりゃあ無理もないね。気苦労なこった。あたしも、ここのところ調子が悪いんだよね。春だってのに、ちっとも暖かくならないじゃないか。寒い日が続いているからだと思うんだけど」

「お種さん、具合が悪かったんですか」

お遥は危うく、そんなふうには見えなかったと言いそうになって口をつぐんだ。

「待ち遠しいねえ、梅が咲くのが」

お種は梅の形のせんべいをしみじみと見て言った。

「本当に、待ち遠しいですね」

お佐都はお遥に、梅吉のようすを見に来て欲しいと言い置いて帰っていった。

「気の毒だねえ。ああ、あたしもなんだか寒気がするよ」

お種は両腕を自分でさすっていたが、不意に大声を上げた。

「あれどうだろうね」

「わっ、びっくりした。なんですか？　あれって」

「ほら、日本橋の堺屋さんの長命酒。あれ飲むと体が温まって元気になるらしいよ。悪いけどさ、買ってきてくれないかい。あそこまで行くのも大義なんだよ」

「いいですよ。ついでにお佐都さんの分も買ってあげようかしら」


お遥はさっそく日本橋に出かけてきた。

春だというのに木枯らしのような冷たい風が吹いている。それでも日本橋はたくさんの人で賑わっていた。人が多いと多少は暖かな気がするのが不思議だ。

まだ正月気分が抜けないのか、昼間から酔っ払った浪人風の男がふらふらと歩いていた。それを道場帰りの侍が眉をひそめて見ている。

堺屋は本銀町《ほんしろがねちょう》にあった。藤兵衛がいたら鶏を見せてもらおうと思っていたが、あいにく出かけているとのことだった。

長命酒を二本、風呂敷で背中にくくり付け店を出ると、入る時は気づかなかったが、斜め向かいに伏見屋《ふしみや》という油問屋がある。

宗源が嫁にもらったのは、たしか日本橋の油問屋の娘だった。お遥は興味を惹かれて、通りのこちら側から店の中を見ようとした。しかし屋号を染め抜いた紺暖簾のせいで見えなかった。

すると暖簾が割れて小柄な女が出てきた。年はお遥より二つ三つ上だろうか。童顔で娘のように見えるが丸髷を結っている。お供に年を取った小柄な下男を連れている。

と、その時、どこからか背の高い男が駆け寄ってきた。

「お峰《みね》、これを」

「え」

男は風呂敷に包んだ筒状の物を、お峰と呼んだ女に渡そうとした。

「なにをするんだ」

下男は男からお峰を守るようにして、店の中に戻ろうとする。男は下男の肩を摑み、引き戻そうともみ合っている。

道行く人がその騒ぎに足を止めていた。

「また来ているよ」

お遥の後ろで大きな箱を担いだ薬売りが呆れたように言った。

「あの人、誰なんですか？」

お遥は振り向いて訊いた。

「ここの娘を嫁にもらった絵師の宗源という人だ。なにがあったか知らないが、嫁が実家に帰ってしまったんで、やって来てはいつも舅に追い返されているんだ。今日は嫁が出てくるのを待ち伏せしていたんだな。なんとも情けない」

薬売りは肩をすくめて行ってしまった。

あの人が稲垣宗源か、とお遥は思わず近づいていった。お佐都が言うように怖い顔をしている。

「お嬢様はあなたに会わせないと言ったじゃないですか」

下男は宗源を押しのけて言った。

「しかし」

男は厳《いか》めしい顔で立ち尽くしている。

「お帰りください。旦那様のお怒りが解けるまで来ちゃいけません」

「だが」

感情の読み取れない顔だった。鬼瓦《おにがわら》のようなゴツゴツとした顔で、たぶん普通にしていても怖い顔だろうと思うが、怒りを無理に抑えているのか余計に凄《すご》みのある顔になっていた。

下男とお峰の姿はもうないのに、男はその場を動かなかった。

お遥は顔を見上げて、ついまじまじと見ていた。

男がお遥に気づいて風呂敷包みを押しつけてきた。

「これをお峰に」

お遥は思わず受け取ってしまった。

「え、でも、あの」

しかし男の後ろ姿は、すでにはるか遠くにあった。

風呂敷包みを背負っていたからだろうか、お遥を伏見屋の奉公人と勘違いしたらしい。

お遥はしかたなく店の中に入り、近くにいた店の者に声をかけた。

「これを、あの、お峰さんに……」

「お嬢様にですか？」

宗源と所帯を持ったというのに、この店ではみんながいまだに「お嬢様」と呼ぶことに驚いた。

その時、さっきの下男がどかどかとやってきた。

「あ、この包みはさっきの。おまえさん、宗源様のとこの女中だな」

「いえ、違います。私は……」

「店の中でなにを騒いでいる」

奥から恰幅《かっぷく》のいい男が現れて、よく通る声で一喝《いっかつ》した。この店の主人らしい。

「はあ、申し訳ありません。宗源様のとこの女中がこれをお嬢様にと」

「ですから私は……」

「なんだと。一体なにを持ってきたんだ」

店主の大声にお遥の声はかき消されてしまった。

包みをお遥から引ったくると、その場で風呂敷を解いた。中から出てきたのは掛け軸だった。

太い松が左下から右上に向かって斜めに描かれ、そこから伸びた枝に赤い鳥が止まっている。オウムに似ているが、こんな色のオウムは見たことがなかった。

鳥は背中を見せているが、首を回してこちらを見ている。真っ赤な羽に白いくちばし。目は濡れたような黒に塗られ、なまめかしい。

お遥はなぜかドキリとした。見てはいけないもの、知ってはいけないものに触れた気がした。

「なんだこれは。この絵がどうしたというのだ。いいか宗源に伝えろ、嫁いびりをするような姑《しゅうと》の家なんぞ、こちらから願い下げだとな」

店主は掛け軸をくるくると巻いて、風呂敷と一緒にお遥に差し出した。

「あの、困ります。違うんです。私はただ……」

「いいから早く帰って宗源に伝えなさい」

怒鳴られて、お遥はまたもそれを受け取ってしまった。店の小僧がまるで野良犬を追い払うように箒《ほうき》を使った。

「もう、なんなのよ」

通りに出てから思わずぼやいた。

掛け軸を風呂敷に包み直し、胸に抱えて帰りかけた時だった。伏見屋の勝手口があるらしい路地から、お峰が出てきた。

お峰はお遥の手を取って、路地に引き込んだ。

「あなた、新しく雇われた女中なの？」

「違います」

お遥はきっぱりと言った。どうしてだれもかれもお遥を女中と間違えるのだ。

「あら、それじゃあ誰なの？」

「ただの通りすがりです」

ついに涙声になってしまった。

「返してこい、ってなんで私が叱られるんですか」

「ちょっと見せて」

お峰はお遥に構わずに風呂敷を解いた。掛け軸を広げ、しばらく眺めたあと首をかしげた。

「この絵がなんだというの？」

「ですから私は」

「あら、ごめんなさい。つい」

お峰はクスクスと笑った。幼い顔立ちで、いかにもお嬢さん育ちといった感じだ。

「じゃあ、たしかに渡しましたからね。それでは」

お遥は頭を下げて立ち去ろうとした。

「待って、これが家にあったら、おとっつぁんに叱られるわ。あなた持っててよ」

「えー、なんで私が」

「お願い」と小首をかしげるようすは、小鳥のように可愛らしい。

「わかりました。それで宗源様の家はどちらですか？」

こうなってはしかたがない。面倒だが宗源の家まで行ってこの絵を置いてくることにする。

「だめ。旦那様のところへ戻してはだめよ。せっかく持って来たものを返すなんて、そんなことをしたら……」

「じゃあ、どうするんですか」

お遥の声はつい尖《とが》ってしまう。なんて面倒なことに巻き込まれてしまったのだろう。野次馬《やじうま》根性がこんなことになるなんて。

「あなたの家で預かっていてください。お願い」

今度は胸の前で手を合わせる。

大きなため息が出た。背中の長命酒がずしりと重さを増した。


通用門の番人に取り次ぎを頼むと、程なくしてお佐都がやってきた。お遥を見てにっこりと笑ったが、前に会った時よりも、さらに頰がこけたような気がした。

お佐都に続いて歩いて行くと、屋敷と屋敷の間から広大な庭園が見えた。朱色の鳥居があり、こんもりと茂った小高い丘がある。左手に目を転じると遠くに大きな池があり、その向こうには築山《つきやま》というにはあまりにも大きな山があった。

以前、一度来たことがあるが、その時は大きな屋敷に気圧されて、庭までは目に入らなかったらしい。

もっとゆっくり見ていたかったが、お佐都が先へ行ってしまうのであとを追った。うっかりすると迷子になりそうだ。

着いたところは女中の詰め所があるところで、台所らしい大きな建物もそばにある。そこから中庭に入ると大きな鳥籠があった。それがいつも梅吉のいる場所なのだ。お遥は持ってきた長命酒をお佐都に渡し、鳥籠の中を覗き込んだ。

中からお遥を見つめる梅吉は、小首をかしげ、お遥のことを思い出そうとしているようだ。

「久しぶりね、梅吉。私のこと覚えてる?」

「お遥ちゃんですよ、梅吉」

隣でお佐都が口添えをしてくれる。

「オハルチャン」

「そうよ。こんにちは。元気だった?」

梅吉はお遥のことを覚えていた。嬉しそうに首を振りながら、おしゃべりを始めた。

「よい子でゴザイマスネエ」

相変わらずお女中の甲高《かんだか》い声を真似ている。

「ああ、危のうございますよ。タケマルサマ、こちらへ。タケマルサマ」

「竹丸様《たけまるさま》？」

「ええ、お子様のお名前です。近頃は梅吉の名を呼ぶ人も少なくなりました。竹丸様がいつも皆に注目されていますから」

梅吉が伸び上がって羽ばたきをし、一際大きく「タケマルサマー」と叫んだ。その時、胸のあたりの羽が抜けていることに気がついた。オウムは不安や緊張で、自分で羽を抜いてしまうことがある。

「梅吉は羽を抜いていますね」

「ええ、そうなの。時々やってます」

お遥は宗源の鬼瓦のような顔を思い出した。梅吉を写生するために、あの無表情な怖い顔で睨《にら》み付けているせいではないだろうか。それともやはり、お方様のご機嫌が麗しくないからなのか。

その時、ふと梅吉と宗源が描いた赤い鳥が同じ鳥ではないかと思った。そして見れば見るほど、あの絵は梅吉を描いたもので、ただ色を赤く塗っただけのような気がした。

「これからも絵を描くたびに、お座敷に連れていかれるんですか？」

お佐都はその意味がわかったようだった。

「そうね。たしかに宗源様のお顔は怖いわね」

と梅吉を振り返って、「なんとかしてみるわ」とお佐都は言った。

「お方様も宗源様のことがお気に召さないんですよね。他の絵師を雇おうとはおっしゃらないんですか？」

「私も先日そうお勧めしたのです。ところが……」

お方様は、宗源のことは別に気にならない、とさらりと言ったという。気に入らないわけでもないし、気分が乗らなければ休んでいいと言ったのも、お方様だというのだ。

「それではどうしてお方様はご機嫌がお悪いのですか？」

お佐都は目を伏せて首を横に振った。おそばにいるお佐都にもわからないとは。

このままでは梅吉が可哀想だ。お方様のご機嫌がどうしたらなおるのか、理由がわからなければどうすることもできない。

「絵を描くときは、お方様とお子様と梅吉だけになるんですか？　他のかたはいらっしゃらないんですか？」

「ええ、他にはだれも」

休んでいいと言われて宗源は休んでいる。

それならお方様の不機嫌の原因は宗源ではなく、宗源が屋敷に来ない理由もお方様のわがままではないのかもしれない。

「お佐都さん、宗源様の御屋敷に行ってみませんか？　お方様のご機嫌が悪い訳を、ひょっとしたらお聞きになっているかもしれません」

お佐都は気が進まないようすだった。宗源が無愛想なので、家まで押しかけて行ってはあからさまに嫌がられるのではないか、と心配しているようだ。

しかしお遥は、どうしても宗源に会って話を聞きたかった。絵を預かっていることも話しておきたい。だからといって、お遥一人で宗源の家に行くのは、やはり気が引けた。

お佐都は駕籠を二挺用意してくれた。思いがけず贅沢ができて、お遥は申し訳ない気がした。

駕籠は大通りをしばらく行き、神田川《かんだがわ》沿いをさらに進んだ。太田姫稲荷《おおたひめいなり》の手前で細い道に入ったところで駕籠は止まった。

駕籠から降り、お佐都は玄関の引き戸を開け、「ごめんくださいまし」と声を掛けた。

すると、音もなく奥から初老の女性が出てきた。

お佐都は自分の身分と、宗源に会いたい旨を伝えた。女性はどうやら宗源の母親であるらしかった。上品で優しそうな人だ。お峰の父親は、姑が嫁いびりをした、と言っていたがそんなふうには見えない。

座敷に通され、程なくして宗源がやってきた。お佐都に一礼をしたあとお遥に、

「おまえは伏見屋の女中。なんの用だ」と言った。

「違います。伏見屋の女中じゃありません。私はかなりあ堂の遥という者です。あの時は、たまたまお店の前を通りかかっただけです」

「そうか、それは済まないことをした」

少しも済まなそうではなく、感情のこもらない言い方だ。

「宗源様がおいでにならないので、絵の進み具合が止まったままです。よろしいのでしょうか。初節句のお祝いに間に合わないのではないですか？」

お佐都は宗源に遠慮がちに訊いた。

「いや、それはいいのだ」

「よろしいのですか？」

宗源はうなずく。そのまま黙ってしまうので、お遥は気まずくなって、伏見屋の前で押しつけられた絵の話をした。

「あの時の絵は、今、うちにありますよ」

伏見屋の主人に持って帰れと言われ、お峰も絵があると父親に叱られる、というので預かっているのだ、と言うと、「済まない。数日中に取りにいこう」と、またしかつめらしい顔で言う。

会話はすぐに途切れてしまい、ひどく気まずかった。長い沈黙のあと、宗源がようやく口を開いた。

「お峰はなにか言っていたか？」

宗源はひどく訊きにくそうに言う。

その時、女中がお茶と羊羹《ようかん》を持ってきた。

「母上にこちらに来るように言ってくれ」

と宗源は女中に言いつけた。

母親の世津《せつ》は、お峰のことをずっと案じていたらしかった。お遥が会ったという話を聞いて、ぐいと膝を進めた。

「お峰さんはどうしてます？　元気でしたか？」

お遥は元気だったと伝えた。よくは知らないが、元気そうであったことは間違いない。

世津が来てくれて、ようやく会話が弾みお遥はほっとした。お遥は自分が飼鳥屋のかなりあ堂の者であることを話し、お佐都も御屋敷での宗源のようすなどを語った。

世津も稲垣家の話を少ししてくれた。夫の稲垣北麿《きたまろ》は浮世絵師だったが、五年前に亡くなった。宗源が本絵《ほんえ》をやりたいと言って父親の反対を押し切り、勝手に山本宗仙に弟子入りしてしまった直後だったという。

「私のせいで父が死んだのではないかと」

宗源が暗い声で言う。

「自分を責めてはいけませんよ。そういう定めだったのです。あなたは自分の仕事に誇りを持って精進すればいいのです。父上もそういうかたでした」

宗源は黙ってうつむいていた。

「宗源様、お方様がこの頃、ご気分がすぐれない訳をご存じではありませんか？　絵を描いていらっしゃる時に、なにかそのようなお話はなされませんか?」

「いや」

素っ気ない一言に、お佐都の肩ががっくりと落ちるのが見えた。

「今度はいつ御屋敷にいらっしゃいますか。絵を完成させなくてもよろしいのですか?」

「申し訳ございません」

世津が深々と頭を下げた。

「宗源はここしばらく絵が描けなくなっているのです」

そう言って宗源のほうをちらりと見た。

「お方様も、それならば休んでよい、とおっしゃったそうですのでお言葉に甘えております」

「あのう、どうして絵が描けなくなったんですか?」

お遥は思ったことを口にしただけなのだが、お佐都と世津は「ふふ」と小さく笑った。しかし宗源だけはまったく変わらず怖い顔をしている。

「それは、お峰さんが家を出てしまったからなのです」

世津はちらちらと宗源の顔を見ながら言った。

お峰が実家に帰ってしまったあと、宗源は何度か伏見屋に迎えに行ったが、そのたびにお峰の父親や、下男や店の者に追い返されてしまった。お峰のために描いた絵も渡すことができず、すっかり気持ちが萎えてしまったという。

「あのう、とても気になるのですが」

お遥は思いきって訊ねることにした。

「お峰さんはどうしてご実家のほうへ帰られてしまったのですか？　世津様はこんなにお優しいのに」

「私がお峰さんを叱ったからだと思うのですが、それだけではない気がします。お峰さんはあのくらいのことを気に病むような人じゃないと思うのです」

たしかにお峰は小さなことで悩むような人には見えない。だが、人によってなににどのくらい傷つくかは、いろいろではないだろうか。こちらが、あのくらいのことで、と思っていても当人はもの凄く衝撃を受けたということもあるはずだ。

「差し支えなければ、どんなことで叱ったのか教えていただけませんか？」

世津と宗源は顔を見合わせた。互いに「どうする？」と訊いているかのようだ。

「無理にとは……」

「いえ、いいんですよ。本当につまらないことなので」

世津は立ち上がって、「こちらに来てください」と言った。廊下に出ると突き当たりに閂《かんぬき》を掛けた部屋がある。宗源が鍵を持って来て錠前を開けた。なにやら物々しい雰囲気に、お遥は緊張した。お佐都も怖々《こわごわ》首を伸ばしている。

「ここは物置なのです。普段使わない物も入っていますが、ほとんどは夫と宗源の絵です」

世津に続いて中に入ると、両側の棚にはぎっしりと木箱と巻物が置いてある。

一番奥の大きな木箱を宗源が動かすと古びた簞笥《たんす》が現れた。それを見てお遥は、「あ」と心の中で言った。かなりあ堂にもこれと同じような簞笥があったはずだ。

「普段は物の陰にあったので、埃《ほこり》をかぶっていたらしいのです。お峰さんは掃除をしようとして、つい簞笥の中を開けてしまったと言っていました」

そこで見つけたものを、庭で燃やそうとしているところを世津が咎めたというのだ。

「どうしてお峰さんは、燃やそうとしたのですか？」

世津と宗源が、また顔を見合わせる。よほど言いにくいことなのか、と再び「それならば結構です」と言いかけた時、世津はそばの棚から木箱を取り出した。蓋《ふた》を開けると焼け焦げの付いた紙が裏返しにして入っていた。

「これは夫が描いたものです。夫が描いた絵は、みんな取ってあります。特にこれは生活が苦しい時に描いたものですから、人の目に触れないように、この簞笥の中に仕舞っておいたのです」

お遥は思わず手を伸ばした。どんな絵なのか見たかった。

「あ、見ないほうが」

世津は木箱を体の横に引いて言った。

「これは枕絵《まくらえ》なのです」

「えっ、枕絵ってあの枕絵ですか？」

「ええ、そうです」

お遥は伸ばした手を引っ込めた。頰が熱くなる。男女の情交を描いたものがそこにあると思うだけで、恥ずかしさで一杯になった。

「私は、つい感情的になって叱ってしまいました。お峰さんは二、三日塞ぎ込んでいましたが、何も言わずに実家に帰ってしまったのです」

世津は木箱の絵を簞笥に仕舞うつもりらしい。屈んで簞笥の扉を開けながら言った。

「これは帳場簞笥《ちょうば》といいましてね。ちょっとしたからくり仕掛けがあるのです。だから誰にも見られないと思っていましたのに」

扉の奥には引き出しがある。その引き出しを引き抜くと、台輪《だいわ》の上の部分が見える。普通はそこから下にはなにもないはずだ。ところがぴったりと嵌《は》まった上板の端を、トンと突くと反対側がわずかに持ち上がった。世津がそこに指を入れて板を外すと、隠れた空間が現れた。

「お峰さんの家にも、こういう簞笥があったのでしょうね。それで見つけてしまったのだわ」

世津は悲しげに笑った。その隣で宗源は、相変わらず感情のない顔で黙っていた。

お佐都とは太田姫稲荷のところで別れ、かなりあ堂に帰った。

「いいところに帰ってきてくれた」

徳造は出かける支度をしていた。

「播磨屋さんのとこのカナリアが、止まり木から落ちてるっていうんだ。急いで見に来て欲しいって、さっき使いの小僧さんが来たんだよ」

徳造は「店番を頼むよ」と言って慌てて出かけていった。

餌は器にたくさん入っているし、水も取り替えてある。鳥籠も洗って干してあり、とりあえず急いでしなければならない仕事はないようだった。

お遥はしばらくぼんやりと籠の中の鳥たちを見ていたが、ふと思い立って弥三郎の部屋に入った。そこは祖父の弥三郎が十一年前に亡くなってから物置のようになっている。胃の腑を患っていたとあとで聞いた。子供だったお遥は寝ている姿しか覚えていなかった。

祖父は実の祖父ではなかった。そして徳造も血のつながった兄ではなかった。知った時こそ衝撃を受けたが、今では二人への感謝の気持ちがあるだけだ。特に乳飲み子だった自分を一生懸命に育ててくれたのは徳造なのだ。病気の祖父とお遥の世話とで、どれだけ大変だったろう。

そして徳造とは、今も変わらず本当の兄妹だと思っている。自分の親はどんな人だろう、と考えることもほとんどなくなった。

弥三郎が寝ていた三畳間は、店の間と台所に挟まれた、日の差さない部屋だった。たしか宗源の家で見た帳場箪笥があったはずだ。

『うちの箪笥にも、ああいうからくりがあるのかしら』

隠された場所になにかがあると思ったわけではない。ただ、からくりがあるなら見たかった、というだけだ。

簞笥の前の木箱や柳行李《やなぎごうり》や風呂敷包みをどかすと、やはり記憶の中にあった簞笥が現れた。宗源の家のものほど大きくも立派でもないが、扉や把手《とって》の形がよく似ていた。所々に元の、赤みがかった黒の塗りが残っているが、ほとんどは白茶けている。縁《ふち》の金具と把手だけがさびもせずに黒々としていた。

引き戸を開けると弥三郎の道具だろうか、様々な大きさや形の小刀が出てきた。他の引き出しには、木彫りの小鳥が、作りかけのものも交じってたくさん入っている。

引き出しを取り出してみると、台輪の上の部分が現れた。四隅を指で押してみるが、宗源の家で見たようにどこかが持ち上がることはない。

右側に付いている扉を開けて引き出しを取り出し、台輪の上板を押してみても、やっぱりどこも動かない。

『うちの簞笥にはからくりがないのかしら』

諦めて引き出しを戻そうとした時である。奥の方に小さな穴が開いているのが見えた。お遥はその丸い穴に人差し指を入れ、手前に引いた。するとその板は音もなく外れた。奥には紙の束が入っている。

お遥は分厚い紙束を引っ張り出した。

それは古びた大福帳だった。『馬喰町　呉服屋　三松屋清兵衛《せいべえ》』と書いてある。三松屋。

木場の御隠居が夢で見たという徳造の、親の店だ。

どうしてこんなものがここに。

兄の徳造は弥三郎の孫だと、疑いもしなかった。

『あれは十五年前のことだ。三松屋に押し込みが入ってね……』

火を付けられ一家は皆殺しになった。だが息子の徳造の遺体だけは見つからなかった。

その時息子は十五歳だった。

私が捨てられた年……。

なにがあったのだろう。私が捨てられたことと関係があるのだろうか。

箪笥の奥を見ると、紙に包まれた細長いものがある。手に取って紙を開いてみる。

拵《こしら》え袋《ぶくろ》に入った守り刀だった。

明るい千草色《ちぐさいろ》の地に銀の糸で家紋が縫い取ってある。目にも鮮やかな朱色の房は少しも色あせていなかった。

徳造は弥三郎の孫ではなく、三松屋から逃げのびて来た徳造に違いない。この守り刀は徳造のものだろうか。徳造のものではないにしても、三松屋の家のだれかのものかもしれない。

だが、守り刀はお遥に関係があるような気がしてならなかった。三松屋の災難と自分が捨てられた年が一致するのは、どういうわけなのだろう。

自分が捨て子だと知った日、お遥はお種に訊いたはずだ。

『かなりあ堂に捨てられたってこと？』

あの時、お種はなんと答えただろう。

『そうだよ』

違う。

『まあ、そういうことだ』と言ったはずだ。なぜ、そうだと言わなかったのだろう。

それにお種も徳造も、お遥が捨て子だったという話はしたくないようだった。徳造の本当の妹だと思いたかったから、という理由はあったかもしれないが、なぜ捨て子だったことを隠す必要があったのだろう。

考えれば考えるほど、納得のいかないことばかりだ。

そういえば木場の御隠居がかなりあ堂に来て、死んだ三松屋の主人に似ている、と言った時、徳造のようすがおかしかったように思う。ずいぶん驚いていたし、そのあとも少しぼんやりしていた。

大福帳と守り刀を手に、どのくらいそうやっていたのだろう。店のほうでもの音がした。お遥は驚いて飛び上がった。もし徳造なら、これを見つけたことを知られてはならないと思った。この簞笥の中に隠したのは、弥三郎かもしれないが、徳造ではないかという気もする。

「おーい。だれもいないのか。不用心だな」

伊織だった。

「伊織様」

店のほうへ駆け出てきたお遥を見て、伊織はすぐにお遥の異変に気づいたようだ。

「どうした。なにかあったのか」

お遥は黙って大福帳と守り刀を差し出した。

「なんだこれは。あ、三松屋」

伊織はしばらくの間、大福帳と守り刀を見比べていた。

「こんなもの、どこにあったんだ」

お遥は弥三郎の簞笥の奥に隠してあった、と伝えた。

「これ、兄さんが隠したのかしら」

伊織はなにも言わず、少し苦しげな顔をした。そしてつぶやくように言った。

「そうか徳造はこれを持っていたのか」

お遥は次の言葉を待った。

「三松屋という呉服屋があった。ひどい事件だった。一家は皆殺しになり、奉公人もみんな殺された」

「そして火をつけられたんでしょう？」

「よく知ってるな」

お遥は木場の御隠居から聞いたのだと話した。

「御隠居さんは兄さんを見て、三松屋さんに似ていると言っていたわ」

「うん。三松屋のたった一人の生き残りが徳造だ。だが、徳造は三松屋の息子だということを、だれにも言わないで欲しいと頼むんだ」

「伊織様に？」

「いや、俺の父にだ。ちゃんと話そう」

伊織の父、八田宗右衛門がまだ鳥見組頭になる前のことだった。深更、たまたま通りかかった馬喰町の呉服屋からきな臭い臭いがした。火事だ、と大声で呼ばわりながら店の中に入ると、そこは目を覆うばかりの惨状を呈していた。折り重なった死体は一刀のもとに切り捨てられており、生きている者はいないようだった。

店の中には煙が立ちこめていて、そこここに小さな炎が見えていた。とにかく火を消さなければならない。宗右衛門は井戸へ走った。

すると井戸の後ろにうずくまる人影があった。それは赤ん坊を抱いた徳造だった。

宗右衛門が身を寄せるあてはあるかと訊ねると、ないと言うので平川町のかなりあ堂へ行くように言った。

かなりあ堂では、遠くに住んでいた孫の面倒を見ることになった、と近所には言うことにした。ただ、お遥がまだ乳飲《ちの》み子だったので、弥三郎と徳造だけでは育てられない。それでお種と豆腐屋のおかみさんだけには訳を話したのだという。

「それじゃあ私が捨てられていたのは、かなりあ堂じゃなくて三松屋さんだったのね」

伊織がうなずく。

「どうして兄さんはだれにも言わないでと言ったの？　三松屋の息子だということを、知られたくなかった訳はなに？」

「俺も不思議に思っていた。俺の父もやはり理由はわからなかったが、あまりにも徳造が必死に頼むので、三松屋の名前は決して出さないようにしていたそうだ。弥三郎とお遥と三人で、本当の家族になろうとしているのか、と父は思ったそうだ。それと、あまりにも悲惨な光景を目にして、それを忘れたかったのだと。だが……」

伊織は手の中の守り刀をじっと見た。

「これは多分お遥が持っていたものだろう。この守り刀からお遥の親の手掛かりがつかめるかもしれない。しかしそれを隠していたということは……」

「三松屋の押し込みと、なにか関わりがあるかもしれないのですね」

伊織はなんとも言わず、「五瓜《ごか》に九曜《くよう》か」とつぶやいた。袋に縫い取ってある家紋の名前らしい。

伊織は、「調べてみよう」と言って守り刀を懐に入れた。

その時、徳造が帰って来た。

「カナリアは糞が詰まっていたようでね。牡蠣末《ぼれいまつ》をやってようすを見ることにしたよ。元気になればいいんだが。あ、伊織様、いらっしゃ……」

出したままの大福帳を隠す暇もなかった。

徳造は大福帳を、じっと見たまま動かなかった。長いあいだだれも、なにも言わなかった。

沈黙に耐えきれず、お遥が口を開いた。

「伊織様から全部きいたよ」

場違いに明るくて間の抜けた声だった。それでも徳造の肩から力が抜けたのがわかった。

「そうなんだ。お遥がこれを見つけたって言うからな、俺も言わないわけにいかなくなったんだ」

伊織の声も少し上ずっていた。すべて話したと言う伊織に目を向けることもなかった。

「兄さん」

お遥は徳造に抱きついた。

「私のこと抱いて逃げてくれてありがとう。兄さんが辛い目にあったのに、なにも知らなくてごめんね」

「お遥……あたしは」

徳造がなにか言いかけた時、店に客があった。徳造が客に応対している間に、伊織は懐から守り刀を取り出して、小声で言った。

「元のところに置いてこい」

受け取った守り刀を、お遥は紙に包み直し急いで簞笥の奥へ入れ、伊織の元に戻った。

「見なかったことにしていろ。いいな」

伊織の意図はお遥にもわかった。徳造がもし、お遥が捨てられた経緯を知っていて、隠していたとしたら……。もしそうなら、よくよくの訳があるはずだ。正直で優しい徳造に、今ここでそれを問い詰めることなどできない。

客が帰り伊織が帰ったあと、徳造は「すまなかった」とぽつりと言った。

「いままで本当のことを言わなかったのを、許しておくれ」

「兄さんは目の前で、おとっつぁんやおっかさんを殺されたんでしょう？　そんな恐ろしくて悲しいこと、思い出したくないに決まってる。ここで別の徳造として、私やお祖父ちゃんの家族として、やり直したかったんでしょう？」

言っている間に、お遥は涙が溢れてきた。十五歳の子供だった徳造にとって、どんなにつらいことだったか。それをずっと自分一人の胸にしまってきたのだ。

徳造はぽろぽろと涙をこぼした。

徳造を元気づけたくて、お遥はご飯を炊くことにした。襷を掛け米びつを開けると、徳造が慌ててやってきた。

「ご飯は、あたしが炊くよ」

お遥は店仕舞いをして、煮売屋にお菜を買いに行った。

お膳の上には炊きたての山盛りのご飯が湯気を立てている。ゴボウの味噌汁に香の物。そして奮発した煮魚だ。

しばらく二人は物も言わずに食べた。炊きたてのご飯は、どうしてこんなに心を温かくしてくれるのだろう。

お遥は空になった自分の茶碗にご飯をよそった。

「お遥、それ三膳目だろう」

「うん。今日はおなかが破れるまで食べるの」

あきれ顔の徳造だったが、「兄さんも、ほら、食べて」とお遥が手を出すので、茶碗を空にして渡した。

「よし、あたしも今日はおなかが破れるくらい食べるよ」

「なんて贅沢なんだろうね、兄さん」

「ああ、とても贅沢だ」

二人は競争するようにご飯を食べた。

食べ終わると腹をさすって笑い合った。

「お遥はよく笑う赤ん坊だったよ」

突然、徳造はそんなことを言った。これまでお遥が赤ん坊だった時のことを、話してくれたことはなかった。

「赤ん坊だったお遥を見て、祖父《じい》ちゃんが可愛い子だなあ、っていつも言うんだ。べっぴんになるよこの子は、ってね。お種さんも豆腐屋のおかみさんも可愛い可愛いって」

「豆腐屋のおかみさんも？」

「そうだよ。豆腐屋のおかみさんは、お遥にお乳をくれたんだ。ちょうど喜助さんが生まれたばかりだったからね」

「知らなかった。じゃあ、喜助さんと私は乳兄妹《ちきようだい》なんだね」

そうだったのか。それでいつも豆腐屋のおかみさんは、お遥に女らしくしろとか、いいとこに嫁に行けとか言っていたのだ。まるでおっかさんのようだと思っていたが、そういう訳があったのか。

徳造は堰《せき》を切ったように、お遥の赤ん坊の頃の話をする。話を聞いているうちに、さっきまで心に引っかかっていた守り刀のことが、どうでもいいことのように思えてきた。

弥三郎と徳造とお遥。血はつながっていないけれど、三人はたしかに家族なのだ。

大福帳と守り刀が見つかって数日たったある日、お遥が店の前を箒で掃いていると、伊織がやってきた。しかし伊織は店には近づかずに手招きをする。お遥にだけ話したいことがあるらしい。

「兄さん、お味噌が切れそうなんで買ってきます」

「ああ、行っておいで」

箒を置いて、伊織と一緒に隼町の味噌屋に向かった。歩き始めるとすぐに伊織は言った。

「あの守り刀な、あれは相当に立派なものだったな。あの拵《こしら》えは大身《たいしん》の旗本か大名家のものではないかと思う。それで五瓜に九曜紋を使っている家を調べたのだが、ないのだ。どうやらあれは定紋《じょうもん》ではなく、替紋《かえもん》なのではないかと思う」

「替紋？」

「うん。正式な定紋の替わりに使うのだが、替紋をいくつも持っている家もある。そうなると探しようがない。すまないな。すぐにわかると思ったのだが」

もし、あの守り刀がお遥のものなら、旗本か大名の娘ということになるのだろうか。

頭がくらくらしてくる。

「でも、守り刀が私に関わりがあると決まったわけではないですよね。どうして兄さんが隠していたのかはわからないけど」

訳はわからないが、徳造ならきっとお遥のことを思ってそうしたのだという気がする。もし、守り刀がある訳を話していいものなら、大福帳が出てきた時に、そのことを言ったはずだ。

だが、徳造は黙っていた。それはまだ、お遥に教えられないということなのだろう。

なぜかはわからない。だけど徳造がそうしたいのなら、お遥もあえて明るみに出そうとは思わない。

「がっかりしたかもしれないが、まだ手はある。十五年前に武家の女児が行方不明になっていないか、もし届が出ていたら調べられるかもしれない」

「伊織様」

お遥は立ち止まって伊織を見上げた。

「私、自分の親がどんな人か、すごく知りたい。だけど知るのが怖いとも思うんです。それにどうして私を捨てたのか、理由がわかった時に自分が今まで通りの自分でいられるか、自信がないんです。私は、かなりあ堂が好きで兄さんが好きで、今の暮らしに満足しています。もう少しこのままでいたいんです。子供だと笑うかもしれませんけど」

伊織は一瞬まぶしそうな目をした。

「笑うものか。怖いのは当たり前だ。本当のことを知ろうとするのも、知らないままでいるのも、どちらも難しいし勇気がいる。決めることができたのはお遥が大人になった証《あかし》だ」

お遥はにっこり笑って、大きくうなずいた。

そして伊織と肩を並べ、春浅い江戸の町を歩き始めた。

味噌を買って伊織と一緒にかなりあ堂に戻ると、お佐都が来ていた。以前よりも少し顔色がいいようだ。体調が良くなったのはお遥からもらった長命酒のおかげだと、わざわざお礼を言いに来てくれたのだ。

「お遥ちゃん、お方様のご機嫌が悪い訳がわかりました」

「本当ですか？　なんだったんですか？」

「竹丸様が生まれて一年経ったら、離れ離れに暮らすことが決まっていたのだそうです」

平岡家の御正室にはお子様がいない。竹丸様は御当主の最初の子供なので、上屋敷の御正室のもとで育てられることが決まっていたのだ。それでお万の方様は、絵ができないことを理由に、連れて行かれるのを遅らせようと考えたらしい。

「でも、そんなことをしても無駄なのです。その時が来れば竹丸様とは引き裂かれてしまうでしょう」

「そうだったんですか。お気の毒に」

可愛い盛りの子供と一緒に暮らせないとは、どんなにつらいだろう。

「来る途中、宗源様のお母上にばったり会いました。あとで宗源様が絵を取りに来られるそうです」

「宗源様は御屋敷には行っているのですか？」

お佐都は首を横に振った。

「やはりお峰さんがお戻りにならないと、描けないのかもしれません」

「あ、そうだ」

お遥は預かっている絵を持ってきた。

「これ、どう思います？」

絵を広げてみなに見せる。

「どうって。そうだな。上手《うま》いな」

伊織が腕を組みながら言った。お佐都と徳造はただ首をかしげている。

「上手いのは当たり前です。お大名のお抱え絵師なんですから。もっと、ちゃんと見てください」

「うーん。松に……なんだこの鳥は」

「オウムだと思います」

「ふーん。こんな色のオウムがいるのか」

「いません。こんな真っ赤なオウムなんて見たことがありません」

お遥は掛け軸を、自分と伊織がよく見えるように掲げた。

「あるところに口下手な絵師がいたとします」

「なんだそれは」

「いいから、最後まで聞いてください。絵師のご新造《しんぞう》さんはお姑さんに叱られて、実家に帰ってしまいました。絵師はこの絵を描いて、実家にいる妻に渡そうとしました。なぜだと思います？」

「知らねえよ、そんな……いや、待てよ。この鳥はオウムだったな」

伊織は急に笑い出した。

「その絵師っていうのは、まるで夢見る乙女だな」

「え？　どういうことですか？」

伊織は懐から矢立と懐紙を取り出した。

「いいか、オウムをかなで書くと『あうむ』だ」

伊織は懐紙に「あうむ」と書いた。そして隣に並べて「逢夢《あうむ》」と書いた。

「つまりだ。夢でもいいから逢いたい。いや、夢でいつも逢っている、かな。お遥のような子供にはわからないだろうが、『逢う』というのはだな」

「知ってます」

伊織のからかいに、真剣に腹を立てるほど子供ではないつもりだが、ついむきになって言い返してしまう。

「逢うっていうのは」

言いかけて赤面した。逢うとは男女の情交を言うのだ。

伊織は笑って続けた。

「松は、そのまま『待つ』だ。永遠を暗示するものでもある。鳥の赤い色は、情熱を意味しているのだろう。それにこの鳥の表情はどうだ。実に色っぽいじゃないか」

初めてこの絵を見たときに、気恥ずかしくてドキリとした意味がわかった。

「これは、言ってみれば恋文なんですね」

鬼瓦のような、しかも恐ろしく無愛想な宗源が、こんな素敵な恋文を描くとは。

「私、ちょっと出かけてきます。お峰さんを連れてきます」

「だけど、怖いおとっつぁんが出してくれないんじゃないのかい？」

「大丈夫。なんとかやってみる。宗源様を引き留めておいて」

伊織が不思議そうに、「お峰？　宗源ってだれだ」と徳造とお佐都に訊いている。

「兄さん、伊織様に教えてあげといて」

飛び出した店の外から叫んだ。

急ぐことでもないのに、つい走ってしまう。はやくお峰に宗源の気持ちを知らせてやりたかった。

豆腐屋の前にさしかかると、おかみさんが、目を三角にしてお遥の前に立ちはだかった。

「どうしてあんたは、そういつもいつも走り回ってるんだろうねえ。いい加減におし」

「今日も急いでるの。ごめんなさい」

　と一度はおかみさんを押しのけて通り過ぎようとしたが、お遥は後ろ向きに戻ってきた。

「おかみさん、私にお乳をくれてありがとう」

「え」

　おかみさんは顔を娘のように真っ赤にして恥じらった。なにか言おうとしているようだが、口がぱくぱくしているだけだ。

　お遥はにっこり笑いかけて、また駆けだした。

　伏見屋の前で息を整え、路地に入って勝手口を探す。入ってみると台所で五、六人の女たちが忙しく立ち働いていた。

「すみませんが、お峰さんを呼んでもらえませんか？」

　そばにいた人に頼むと、「え？　お嬢様を？」と一瞬怪訝《けげん》な顔をしたが、すぐに
「どちらさんですか？」と聞き返した。相当に忙しいらしく、大根を刻む手は動かしたままだ。

「かなりあ堂のお遥といいます」

　すると最後まで聞かずに、首だけを後ろに回して、「ちょっと、長助《ちょうすけ》さんを呼んで

きてちょうだい」と叫んだ。

長助とはお峰のそばにいた下男ではないだろうか。

ああ、また追い返されてしまう、と思った時だった。バタバタと足音が聞こえ、お峰が台所に顔を出した。後ろからこの間の下男が息を切らしてついてくる。

「お遥ちゃん、よく来てくれたわね。絵を取りに行きたかったんだけど、おとっつぁんが外に出るのを許してくれなくて」

「あの絵の意味がわかったんです。宗源様もうちに来るはずですから、お峰さんも来てください」

お遥は、「早く」と手を引いて急かした。

「お嬢様、いけませんよ。外に出てはいけないという旦那様のお言いつけですよ」

「あなたも一緒に来ればいいのよ」

お遥はもう片方の手で長助の腕を掴み、外へ出た。

お峰がニヤリと笑うので、お遥も笑い返した。

表通りを三人は手をつないで小走りに駆けた。長助は引きずられるような格好で、よろよろしながら走っている。

途中、水茶屋を見かけるとお峰は言った。

「長助、おまえはここでお団子でも食べておいで」

勝手に団子とお茶を頼んでさっさと先へ行ってしまう。

お遥は振り返って、「長助さん、ここで待っててね。お峰さんのお供は私がしますから」と叫んだ。

「旦那様はかなりあ堂にいるの？」

「絵を取りに来るって言ってましたから。来たら引き留めておいてって頼んであります」

「あ、私を迎えに来るわけじゃないのね」

お峰は寂しそうに言った。

「お峰さん、宗源様のお母さんに叱られたから家を出たそうですけど、それだけじゃないですよね。他に訳があったんじゃないですか？」

お峰はうなだれて自分のつま先を見ながら歩いている。

「私……お義母さんに叱られたのは、私がいけなかったんだってわかってる。だって、あの絵がそんなに大切なものだなんて知らなかったんだもの。旦那様にその話をしたの。私が悪かったたって」

ところが宗源はうなずいただけで、なにも言わなかった。お峰はなにか一言でいいから言って欲しかったのだという。たとえば、「そんなに気にするな」とか「悪いとわかっているのならいいんだ」とか。

夫の言葉を待ったがなにも言ってもらえず、お峰は衝動的に家を出てしまった。実家に帰ると、父親がどうしたのかとしつこく訊くので、仕方なしに義母の世津に叱られたのだと話した。

「おとっつぁんはああいう人だから、なんだか大事《おおごと》になってしまって戻れなくなっちゃったの。早く帰って来い、って旦那様が言ってくれたら帰れるんだけど、帰るきっかけがなくなってしまって」

お峰はしょんぼりと肩を落としている。わがまま一杯に育った人が、しょげていると、なんだかとても可哀想になる。お峰はまだ稲垣家の人になっていないのだと思う。心は実家の「お嬢様」なのだ。

「だけど、旦那様がいくら口下手だって、なにか言ってくれてもいいでしょう？　私のことをこんなに放っておくなんて。あんな絵なんか持ってきたって意味がわからないわ」

お遥は呆れてしまった。たったいま可哀想だと思ったことは取り消すことにする。

「絵の意味は、わかりましたよ」

「本当に？」

「はい」

お遥は絵の意味を、伊織から教えられた通りに話した。

「もう一度絵を見ればよくわかると思います。宗源様は口では言わなかったけれど、お峰さんのことが大好きだし、家に帰ってきて欲しいんですよ」

それからかなりあ堂に着くまで、お峰は口をきかなかった。思い詰めた顔でずっと何かを考えているようだった。

かなりあ堂には宗源が来ていた。

二人は店の中で向き合ったまま、なにも言わずに立っている。

「さあ、宗源様。これを」

徳造が宗源に掛け軸を渡す。

受け取った宗源は、黙ったままおずおずとお峰に差し出した。宗源の顔がはっきりとわかるほど赤面している。

お峰は掛け軸を受け取ると同時に、宗源の胸に飛び込んだ。

「ごめんなさい、ごめんなさい。私、旦那様のことちっともわかってなくて。本当にごめんなさい」

お峰が泣きじゃくる姿が緋色《ひいろ》のオウムに重なった。愛おしそうに肩を抱く宗源の目は、優しく微笑んでいた。

お遥と徳造は、亀戸《かめいど》の天神様に梅のつぼみの具合を見に行くところだった。二、三日前からようやく暖かくなり、梅の花が気になる頃になってきた。「いくらなんでもまだ早いよ」と言う徳造を誘って出かけるのは、ちょっと寄り道をしたいからだ。徳造が生まれた家、そしてお遥が捨てられていた三松屋のあった場所を見たかったのだ。

すっかり春らしくなった通りをのんびりと歩くと、すぐにでも梅が咲きそうな気がしてくる。

お佐都はこの暖かさで、きっと元気を取り戻すに違いない。お種も近頃は調子がいいと言っていた。

お峰は父親を説得して稲垣家に戻ったらしい。あの父親を説き伏せるとは、お峰が稲垣家の人になった証だろう。これからお峰は宗源や世津と本物の家族になるに違いない。家族であるために血のつながりは必要ないのだ、と隣を歩く徳造を見てつくづく思う。

宗源も平岡様の屋敷に絵を描きに行き始めたという。相変わらずお方様のわがままにつき合わされ、お方様と竹丸様の絵はまだ完成していないらしい。

「このあたりだよ」

徳造は両替屋と荒物屋があるあたりを指さした。

「あのあと一度も来たことはなかったんだ。賊《ぞく》が押し入った日、あたしはお遥を抱いて逃げた。あれからずっと逃げ続けていたのかもしれない」

徳造は遠い目で独り言のように言った。徳造の目には在《あ》りし日の三松屋が見えているのだろう。

その時、「ヂッヂッヂッ」とどこかから鳥の鳴き声が聞こえた。ウグイスの地鳴きに似ている。

「ウグイスじゃないかしら、この声」

「え、そうかい」

徳造も耳を澄ませた。

「ヂッヂッ」という声に続いて、「ホー」と高らかに鳴いた。

やっぱりウグイスだ、と二人は顔を見合わせた。

「ホー、ホケホケ」

お遥と徳造は同時に吹き出した。ウグイスはまだ上手に鳴けないらしい。「ホケホケ」という鳴き声と二人の笑い声が、春の町に朗《ほが》らかにこだました。

本書は文庫書下ろし作品です。

|著者| 和久井清水　北海道生まれ。札幌市在住。第61回江戸川乱歩賞候補。2015年宮畑ミステリー大賞特別賞受賞。内田康夫氏の遺志を継いだ「『孤道』完結プロジェクト」の最優秀賞を受賞し、『孤道　完結編　金色《こんじき》の眠り』で作家デビュー。他の著書に『水際のメメント　きたまち建築事務所のリフォームカルテ』がある。

かなりあ堂迷鳥草子《どうめいちょうぞうし》

和久井清水《わくいきよみ》

講談社文庫

定価はカバーに
表示してあります

2022年10月14日第1刷発行

KODANSHA

発行者——鈴木章一
発行所——株式会社　講談社
東京都文京区音羽2-12-21　〒112-8001
電話　出版（03）5395-3510
　　　販売（03）5395-5817
　　　業務（03）5395-3615

デザイン—菊地信義
本文データ制作—講談社デジタル製作
印刷———株式会社KPSプロダクツ
製本———株式会社国宝社

Printed in Japan

ISBN978-4-06-529355-3

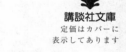

講談社文庫刊行の辞

二十一世紀の到来を目睫に望みながら、われわれはいま、人類史上かつて例を見ない巨大な転換期をむかえようとしている。

世界も、日本も、激動の予兆に対する期待とおののきを内に蔵して、未知の時代に歩み入ろうとしている。このときにあたり、創業の人野間清治の「ナショナル・エデュケイター」への志を現代に甦らせようと意図して、われわれはここに古今の文芸作品はいうまでもなく、ひろく人文・社会・自然の諸科学から東西の名著を網羅する、新しい綜合文庫の発刊を決意した。

激動の転換期はまた断絶の時代である。われわれは戦後二十五年間の出版文化のありかたへの深い反省をこめて、この断絶の時代にあえて人間的な持続を求めようとする。いたずらに浮薄な商業主義のあだ花を追い求めることなく、長期にわたって良書に生命をあたえようとつとめるところにしか、今後の出版文化の真の繁栄はあり得ないと信じるからである。

同時にわれわれはこの綜合文庫の刊行を通じて、人文・社会・自然の諸科学が、結局人間の学にほかならないことを立証しようと願っている。かつて知識とは、「汝自身を知る」ことにつきていた。現代社会の瑣末な情報の氾濫のなかから、力強い知識の源泉を掘り起し、技術文明のただなかに、生きた人間の姿を復活させること。それこそわれわれの切なる希求である。

われわれは権威に盲従せず、俗流に媚びることなく、渾然一体となって日本の「草の根」をかたちづくる若く新しい世代の人々に、心をこめてこの新しい綜合文庫をおくり届けたい。それは知識の泉であるとともに感受性のふるさとであり、もっとも有機的に組織され、社会に開かれた万人のための大学をめざしている。大方の支援と協力を衷心より切望してやまない。

一九七一年七月

野間省一

講談社文庫 最新刊

和久井清水《きよみ》
かなりあ堂迷鳥草子《めいちょうぞうし》
飼鳥屋《かいとりや》で夢をもって働くお遥《はる》、十六歳。江戸の「鳥」たちが謎をよぶ、時代ミステリー！

神楽坂 淳
妖怪犯科帳
〈あやかし長屋2〉
向島《むこうじま》で人間が妖怪に襲われ金を奪われた。猫又のたまと岡っ引きの平次が調べることに！

木内一裕
小麦の法廷
新米女性弁護士が担当した国選弁護の仕事が、世間を震撼させる大事件へと変貌する！

藤野可織
ピエタとトランジ
親友は「周囲で殺人事件を誘発する」体質を持っていた！ 芥川賞作家が放つ傑作ロマンシス！

富良野 馨《かおる》
この季節が嘘だとしても
京都の路地奥の店で、嘘の名を借りて、その男に復讐する。書下ろし新感覚ミステリー。

トーベ・ヤンソン
ムーミン谷の仲間たち ぬりえダイアリー
ぬりえと日記が一冊になり、楽しさ二倍！ 大好評につき、さらに嬉しい第2弾が登場！

藤石波矢
ネメシスⅦ
ネメシスの謎、アンナの謎。すべての謎が解き明かされる！ 小説『ネメシス』、完結。

講談社タイガ

石川宗生 小川一水
斜線堂有紀 伴名 練
宮内悠介
ifの世界線
〈改変歴史SFアンソロジー〉
5人の作家が描く、一つだけ歴史が改変された〝もしも〟の世界。珠玉のSFアンソロジー。

古井由吉
楽天記
解説＝町田　康　年譜＝著者、編集部
ふA15
978-4-06-529756-8
夢と現実、生と死の間に浮遊する静謐で穏やかなうたかたの日々。「天ヲ楽シミテ、命ヲ知ル、故ニ憂ヘズ」虚無の果て、ただ暮らしていくなか到達した楽天の境地。

古井由吉／佐伯一麦
往復書簡
『遠くからの声』『言葉の兆し』
解説＝富岡幸一郎
ふA14
978-4-06-526358-7
二十世紀末、時代の相について語り合った二人の作家が、東日本大震災後にふたたび歴史、自然、記憶をめぐって言葉を交わす。魔術的とさえいえる書簡のやりとり。

講談社文庫 目録

魚住直子 非・バランス
魚住直子 未・フレンズ
魚住直子 ピンクの神様
上田秀人 密封〈奥右筆秘帳〉
上田秀人 国禁〈奥右筆秘帳〉
上田秀人 侵蝕〈奥右筆秘帳〉
上田秀人 継承〈奥右筆秘帳〉
上田秀人 簒《さん》奪《だつ》〈奥右筆秘帳〉
上田秀人 秘闘〈奥右筆秘帳〉
上田秀人 隠密〈奥右筆秘帳〉
上田秀人 刃傷〈奥右筆秘帳〉
上田秀人 召《めし》抱《かかえ》〈奥右筆秘帳〉
上田秀人 墨《ぼっ》痕《こん》〈奥右筆秘帳〉
上田秀人 天下〈奥右筆秘帳〉
上田秀人 決戦〈奥右筆秘帳〉
上田秀人 前夜〈奥右筆外伝〉
上田秀人 軍師の挑戦〈上田秀人初期作品集〉
上田秀人 天主信長〈表〉〈我こそ天下なり〉
上田秀人 天主信長〈裏〉〈天を望むなかれ〉

上田秀人 波乱〈百万石の留守居役(一)〉
上田秀人 思惑〈百万石の留守居役(二)〉
上田秀人 新参〈百万石の留守居役(三)〉
上田秀人 遺臣〈百万石の留守居役(四)〉
上田秀人 密約〈百万石の留守居役(五)〉
上田秀人 使者〈百万石の留守居役(六)〉
上田秀人 貸借〈百万石の留守居役(七)〉
上田秀人 参勤〈百万石の留守居役(八)〉
上田秀人 因果〈百万石の留守居役(九)〉
上田秀人 忖《そん》度《たく》〈百万石の留守居役(十)〉
上田秀人 騒動〈百万石の留守居役(十一)〉
上田秀人 分断〈百万石の留守居役(十二)〉
上田秀人 舌戦〈百万石の留守居役(十三)〉
上田秀人 愚劣〈百万石の留守居役(十四)〉
上田秀人 布石〈百万石の留守居役(十五)〉
上田秀人 乱麻〈百万石の留守居役(十六)〉
上田秀人 要《よう》訣《けつ》〈百万石の留守居役(十七)〉
上田秀人 梟《ふくろう》の系譜〈宇喜多四代〉
上田秀人 竜は動かず 奥羽越列藩同盟顛末〈(上)万里波濤編 (下)帰郷奔走編〉

上田秀人 戦端〈武商繚乱記(一)〉
内田 樹 下流志向〈学ばない子どもたち 働かない若者たち〉
内田 樹
釈 徹宗 現代霊性論
上橋菜穂子 獣の奏者〈I闘蛇編〉
上橋菜穂子 獣の奏者〈II王獣編〉
上橋菜穂子 獣の奏者〈III探求編〉
上橋菜穂子 獣の奏者〈IV完結編〉
上橋菜穂子 獣の奏者〈外伝 刹那〉
上橋菜穂子 物語ること、生きること
上橋菜穂子 明日は、いずこの空の下
上野 誠 万葉学者、墓をしまい母を送る
海猫沢めろん 愛についての感じ
海猫沢めろん キッズファイヤー・ドットコム
冲方 丁 戦の国
上田岳弘 ニムロッド
上野 歩 キリの理容室
内田英治 異動辞令は音楽隊！
遠藤周作 ぐうたら人間学
遠藤周作 聖書のなかの女性たち

講談社文庫　目録

遠藤周作　さらば、夏の光よ
遠藤周作　最後の殉教者
遠藤周作　反　逆(上)(下)
遠藤周作　ひとりを愛し続ける本
遠藤周作　周　作　塾〈読んでもタメにならないエッセイ〉
遠藤周作　新装版 海と毒薬
遠藤周作　新装版 わたしが・棄てた・女
遠藤周作　深い河《ディープ・リバー》〈新装版〉
江波戸哲夫　新装版 銀行支店長
江波戸哲夫　新装版 ジャパン・プライド
江波戸哲夫　起業の星
江波戸哲夫　集団左遷
江波戸哲夫　ビジネスウォーズ〈カリスマと戦犯〉
江波戸哲夫　リストラ事変〈ビジネスウォーズ2〉
江上　剛　頭取無惨
江上　剛　企業戦士
江上　剛　リベンジ・ホテル
江上　剛　起死回生
江上　剛　瓦礫の中のレストラン

江上　剛　非情銀行
江上　剛　東京タワーが見えますか。
江上　剛　慟哭の家
江上　剛　家電の神様
江上　剛　ラストチャンス 再生請負人
江上　剛　ラストチャンス 参謀のホテル
江上　剛　一緒にお墓に入ろう
江國香織　真昼なのに昏《くら》い部屋
江國香織他　100万分の1回のねこ
円城　塔　道化師の蝶
江原啓之　スピリチュアルな人生に目覚めるために〈心に「人生の地図」を持つ〉
江原啓之　トラウマ　あなたが生まれてきた理由
大江健三郎　新しい人よ眼ざめよ
大江健三郎　取り替え子《チェンジリング》
大江健三郎　晩年様式集《イン・レイト・スタイル》
小田　実　何でも見てやろう
沖　守弘　マザー・テレサ〈あふれる愛〉
岡嶋二人　解決まではあと6人〈5W1H殺人事件〉
岡嶋二人　99％の誘拐

岡嶋二人　クラインの壺
岡嶋二人　ダブル・プロット
岡嶋二人　新装版 焦茶色のパステル
岡嶋二人　チョコレートゲーム 新装版
岡嶋二人　そして扉が閉ざされた〈新装版〉
太田蘭三　殺《さつ》・風《ぷう》景《けい》〈警視庁北多摩署特捜本部〉
大前研一　企業参謀 正・続
大前研一　やりたいことは全部やれ！
大前研一　考える技術
大沢在昌　野獣駆けろ
大沢在昌　相続人TOMOKO
大沢在昌　ウォームハート　コールドボディ
大沢在昌　アルバイト探偵《アイ》
大沢在昌　調毒師を捜せ　アルバイト探偵《アイ》
大沢在昌　女王陛下のアルバイト探偵《アイ》
大沢在昌　不思議の国のアルバイト探偵《アイ》
大沢在昌　拷問遊園地　アルバイト探偵《アイ》
大沢在昌　帰ってきたアルバイト探偵《アイ》
大沢在昌　雪　蛍

2022年 9月15日現在